[美]劳拉·英格斯·怀德/著

于维莹/译

南来寒/主编

纽伯瑞儿童文学奖
获奖作品精选

16

银湖岸边

南京大学出版社

图书在版编目(CIP)数据

银湖岸边 / (美)劳拉·英格斯·怀德著 ; 于维莹译
. -- 南京 : 南京大学出版社，2020.9
(纽伯瑞儿童文学奖获奖作品精选 / 南来寒主编)
ISBN 978-7-305-23109-4

Ⅰ. ①银… Ⅱ. ①劳… ②于… Ⅲ. ①儿童小说－长
篇小说－美国－现代 Ⅳ. ①I712.84

中国版本图书馆CIP数据核字(2020)第049251号

出版发行　南京大学出版社
社　　址　南京市汉口路22号　　　邮　　编　210093
出 版 人　金鑫荣
项 目 人　石　磊
策　　划　刘红颖

丛 书 名　纽伯瑞儿童文学奖获奖作品精选
书　　名　银湖岸边
著　　者　[美]劳拉·英格斯·怀德
绘　　者　石　沛
译　　者　于维莹
主　　编　南来寒
责任编辑　洪　洋
助理编辑　张倩倩
责任校对　赵玉倩
终审终校　荣卫红
装帧设计　谷久文

印　　刷　山东润声印务有限公司
开　　本　889×1320　1/32　　印张　7.375　　字数　251千
版　　次　2020年9月第1版　2020年9月第1次印刷
ISBN 978-7-305-23109-4
定　　价　29.80元

网　　址：http://www.njupco.com
官方微博：http://weibo.com/njupco
官方微信号：njupress
销售咨询热线：(025)83594756

纽伯瑞儿童文学奖（Newbery Medal），又称纽伯瑞奖。1922 年由美国图书馆学会（American Library Association）的分支机构——美国图书馆儿童服务学会(Association for Library Service to Children)创设，旨在表彰那些为美国儿童文学做出杰出贡献的作者们。该奖每年颁发一次，专门奖励上一年度出版的英语儿童文学优秀作品。每年颁发金奖一部、银奖一部或数部。自设立以来，已评出数百部优秀的儿童文学作品。纽伯瑞儿童文学奖已成为美国乃至世界公认的儿童文学大奖。

内 容 简 介

　　劳拉一家从梅溪边到银湖岸边拓荒定居，一开始，妈妈和姐妹们都染上猩红热，玛丽失明，家里缺少食物还欠下外债。爸爸从事的不再是打猎和农耕，开始在铁路营区做管理员；妈妈和劳拉经营了一段时间客栈，劳拉一家的生活渐渐向工业社会过渡。在这样的环境中，劳拉迅速成长，成为妈妈的好帮手……

目 录

1. 家里来了个陌生女人

一天早晨，劳拉正在洗盘子。这时，躺在台阶上晒太阳的老杰克向她狂吠起来，好像在说："有人来了！"她向外望去，果然看见一辆马车正穿过梅溪的碎石浅滩疾驰而来。

"妈妈，"她说道，"外面来了个陌生女人！"

妈妈叹了口气。她为自家凌乱不堪的屋子感到羞愧，劳拉也是。可是妈妈身体虚弱，劳拉又疲惫不堪，她们两个悲伤过度，也顾不了那么多了。

玛丽、凯莉、小格蕾丝还有妈妈全都患了猩红热。小溪对面的尼尔森一家也得了这个病，所以没有人能帮助爸爸和劳拉。医生每天都来，爸爸不知道怎么才能付得起医药账单。最糟糕的是，猩红热已经侵入到玛丽的眼睛，她瞎了。

她现在病情稍微好转，可以坐起来了。她裹着被子，坐在妈妈的旧山核桃木摇椅里。在那漫长的时光里，她一天比一天虚弱。那时候，她还能看见一点儿，只是视力一天比一天弱。即便如此，她也从来没哭过。现在她连最亮的光也看不到了，可是她依然充满了耐心，像从

1

前一样勇敢。

她漂亮的金发大把大把地往下掉。爸爸因为她发热的缘故，把她的头发剃得极短。那可怜的剃过的脑袋，让她看起来像个男孩子。她蓝色的眼睛依然美丽，只是再也看不见眼前的东西了。玛丽再也无法不说话就能用眼睛告诉劳拉自己在想什么了。

"这大清早的，谁会来呢？"玛丽奇怪地说道，侧耳倾听马车的声音。

"是个陌生的女人，一个人驾马车来的。"劳拉答道。爸爸说她必须充当玛丽的眼睛。

"你说中午吃什么好呢？"妈妈问道。她的意思是如果那女人待到午饭时间的话，就留她跟大家一起吃饭。

家里还有些面包、糖浆和土豆，就这么多了。已经是春天了，正赶着青黄不接的时候，菜园的蔬菜还没长好，奶牛的乳房是干瘪的，母鸡也要到夏天才生蛋，只有梅溪里还能捕到几条小鱼。小白尾灰兔子也因捕猎过度，近乎绝迹了。

爸爸不喜欢破旧凋敝的乡村，野味都快绝迹了，连个打猎的地方都没有。他想去西部，在那里申请一块政府放领的家宅地，新建一个家园，这事他都想了两年了。但是妈妈安土重迁，不想离开这片他们生活的土地，再说也没钱。自从闹蝗灾以来，爸爸只有两处土地的小麦作物有收成。他勉强不负债，可现在又有医生的账单等着他支付。

劳拉神色坚决地回答妈妈："我们吃什么，客人就吃什么！"

马车在门口停了下来。那陌生女人坐在车上，望着劳拉和妈妈。她是个漂亮的女人，看起来干净整洁。劳拉感到十分羞愧，因为她赤着双脚，身上的衣服软塌塌的，辫子也乱糟糟的没有梳理。妈妈慢慢地喊了出来："多西亚，你怎么来啦！"

"不知道你想起我来了没有，"那个女人说道，"时间就像桥下的流水，哗啦啦不停地流走！你们一家人离开威斯康星州可有段日子啦！"

原来是多西亚姑姑。很久以前，她们一家人住在威斯康星州的大木林，劳拉在爷爷家举办的糖果变装舞会上见过多西亚姑姑，她裙子上钉着几颗像黑莓一样的扣子。

多西亚姑姑现在已经结婚了。她嫁给了带着两个孩子的鳏夫。她丈夫是个包工头，在西部新修的铁路上工作。多西亚姑姑独自驾着马车，从威斯康星州一路赶来，是要到达科他州铁路营地去。

她是顺道过来拜访的，想看看爸爸愿不愿意跟着她一起去。她丈夫——劳拉应该叫他希姑父——想找个靠得住的人帮着管理商店、记账，同时帮着记录工人的工作时间。爸爸可以做这份工作。

"月薪五十美元，查尔斯。"她说道。

爸爸消瘦的双颊有些紧绷，蓝色的眼睛也亮了起来。他缓缓说道："看来在寻找家园的同时，我还能领份不错的薪水呢，卡罗莱！"

妈妈依然不想去西部。她打量着厨房，看看凯莉，又看看站在一旁抱着格蕾丝的劳拉。

"查尔斯，我不明白。"她说，"一个月五十美元，看起来确实像天上掉馅饼。可是我们已经在这里定居了呀，我们已经有农场了呀。"

"请听我说说原因吧，"爸爸恳求道，"去了西部，我们可以得到一百六十英亩的土地，我们可以住在那里，那块土地跟这块土地一样好，甚至比这块地还要好些呢！如果联邦政府愿意用西部的一块土地来补偿我们在印第安保留地失去的土地的话，我说我们还是收下吧！在西部打猎才好呢，只要他想，一个男人什么野味都打得到！"

劳拉太想去西部了，好不容易才忍住没说出来。

"我们现在怎么走得开呢？"妈妈反问道，"玛丽身体虚弱，不能赶路。"

"那倒是。"爸爸说，"这是事实。"然后他问多西亚姑姑："这份差事不能再等些日子了吗？"

"不，"多西亚姑姑答道，"不能等，查尔斯。希现在急需人手，现在就需要。干不干，你现在就得决定。"

"卡罗莱，一个月五十美元啊！"爸爸说，"还能有个新家园。"

沉默良久，妈妈才温柔地说："好吧，查尔斯，按你说的来吧，你可得考虑好了。"

"这差事我干了，多西亚！"爸爸站起来，拍了拍他的帽子，"车到山前必有路。我想去看看尼尔森一家。"

劳拉兴奋得家务活也没心思做了。多西亚姑姑也来搭把手。她们一边做务，多西亚姑姑一边告诉她威斯康星州那边发生的事。

她妹妹鲁比嫁人了，生了两个男孩一个小女孩，女孩名叫多莉·瓦登。

乔治叔叔是个伐木工人，在密西西比河一带做伐木工作。亨利叔叔家一切都好，查理竟出乎意料地上进起来，要知道从前亨利叔叔多么溺爱那孩子，舍不得打一下呢。爷爷和奶奶还是住在他们那间大木屋里。他们现在住得起木板房了，可是爷爷说，橡树木材更好更结实，用它来做墙壁比锯的木板好。

劳拉和玛丽离开大木林的小木屋时，留下了一只名叫布兰克·苏珊的猫，现在也还在那呢。小木屋几经转手，现在变成了玉米穗仓库，但是不管怎么样，那只猫就是不肯离开小木屋到别处去住。它一直住在玉米穗仓库里，专门抓老鼠吃，长得胖乎乎的，皮毛也养得油光水滑的。那一带家家户户都养着它的猫崽子。它们可全都是捕鼠小能手，大大的耳朵，长长的尾巴，像极了布兰克·苏珊。

爸爸回来的时候，屋子已经打扫得干干净净，午饭也做好了。爸爸把农场给卖了。尼尔森付了两百美元的现金，爸爸整个人都喜气洋洋的。"所有的债都还清了，还剩了一点钱！"他说，"怎么样，卡罗莱，还不错吧！"

"我希望这么做是最好的选择，查尔斯。"妈妈答道，"可是我们怎么……"

"让我来告诉你吧！我都想好啦！"爸爸告诉妈妈说，"我明天一早就跟多西亚走。你和女儿们先待在这里，等玛丽好起来，身子强壮点再说。我看也就两个月的时间吧！尼尔森答应帮我们把这些乱七八糟的东西拖到仓库去。到时你们就坐火车来好了。"

劳拉盯着他看。凯莉和妈妈也盯着他看。玛丽问道："坐火车？"

她们从来没想过会坐火车出门。劳拉当然知道人们出门都是坐火车的。火车经常出事，一出事就死人。劳拉并不害怕，倒是兴奋异常。但是凯莉十分害怕，眼睛睁得大大的，消瘦的脸颊吓得发白。

她们亲眼见过火车在大草原上飞驰，火车头喷出滚滚的浓烟，向后飘去，拖得老长。她们也亲耳听过它的轰鸣，那汽笛声荒凉、清脆而悠长。看到火车来了，车夫们一个拉不住，马儿们便四下惊散。

　　妈妈轻声说："我相信有劳拉和凯莉帮我的话，一切都没问题。"

2. 杰克去了狩猎天堂

接下来有一大堆事情要做，因为爸爸必须赶在明天一早离开。他把那副旧弓架架到马车上，又把帆布罩拉开，罩住了马车。马车早就破损不堪了，但是跑个短程还是可以的。多西亚姑姑和凯莉帮他把行李搬上马车，劳拉忙着为他把衣服洗好烫好，又烤了些硬面包，好让他路上吃。

大家忙前忙后的时候，杰克就站在一旁看着。人人都忙得很，谁也没注意到那只老斗牛犬，直到劳拉突然看见它就站在屋子和马车之间。它没有像往常那样昂着脑袋欢蹦乱跳。它僵硬的四肢支撑着站在那，身子颤巍巍的，因为它如今患了风湿病，腿脚有些不利索了。它的前额因为悲伤而拧作一团，粗短的尾巴也软塌塌地垂了下来。

"杰克乖！"劳拉对它说道，但它并不对她摇尾巴，只是悲痛地望着她。

"爸爸，你瞧杰克。"她说着俯下身来，轻轻抚摸着杰克光滑的脑袋。以前油亮的毛发现在已经变成灰色了。先是它的鼻子变成灰的了，接着是下颌，现在连它的耳朵都不再是棕色的了。它将脑袋依偎

7

在她怀里，深深地叹了口气。

几乎是一瞬间，她明白了，这只衰老的狗已经太疲惫了，无法跟着马车长途跋涉跑到达科他区了。它看起来有些烦躁不安，因为眼看着马车又准备启程了，而它却这么衰老、这么疲惫。

"爸爸！"她哭了起来，"杰克走不了那么远呀！哦！爸爸，我们不能丢下杰克不管！"

"它确实跑不动啦！"爸爸说，"我可没忘记这一点。我会带上狗粮，并在马车里给它留个地方的。你想待哪呢？啊？老朋友？"

杰克客气地摇了摇尾巴，将头偏到一边去了。它不想走，就算乘马车也不愿意。

劳拉跪了下来，伸出双臂抱住了它，就像她还是个小女孩儿的时候一样。"杰克！杰克！我们要去西部了！你不想再往西走了吗，杰克？"

以前，只要一看到爸爸把马车上的帆布罩拉下来，它就高兴得欢蹦乱跳的。每逢他们出发上路，它都会跟在马车旁边撒欢地跑。从威斯康星州到印第安保留地，再到明尼苏达州，漫漫长路，它就这么紧跟在马蹄后面，在马车投下的影子里一路小跑了过来。它蹚过小溪，也游过长河，每到夜晚，劳拉在马车中睡着了，它都默默地守在一旁。每天早晨，即便爪子因为长途跋涉而疼痛难忍，它也会开开心心地跟劳拉一起看日出，看她给马儿套上挽具。它随时准备迎接新的一天的旅程。

可是现在，它只是静静地依偎在劳拉怀里，用鼻子轻轻拱着她的手，任由她温柔地爱抚着。

她轻轻抚摸着它灰色的脑袋，将它耳朵上的杂毛整理光滑。她完全感受得到它的疲惫和劳累。

　　自从玛丽和凯莉还有妈妈接二连三地患上了猩红热，劳拉就顾不上杰克了。以前它总是陪她一起面对所有艰难困苦，可是现在它对屋里的疾病却无能为力了。或许它一直都觉得很孤单，以为自己被遗忘了。

　　"我不是故意的，杰克！"劳拉告诉它说。它明白，他们一直都明白彼此的心思。在她还是个小不点的时候，照顾她的是它，在凯莉还是个小不点的时候，帮她照顾凯莉的还是它。无论什么时候，爸爸不在的日子里，杰克都始终陪着劳拉，帮她一起照顾全家。它可以说是劳拉一个人的狗。

　　她不知道该怎么跟它解释：现在它必须乘马车跟爸爸一起走，而她，却要留下来，她晚些日子才能坐火车赶过去跟它团聚。但是它恐怕不能理解这些。

　　她现在也不能跟它待一起太久，因为有太多事情要做。但是整个下午，只要一得空，她就会对它说："杰克乖狗狗！"她给杰克做了一顿丰盛的晚餐，洗完了盘子，又摆了餐桌，这样明天早饭的时候就不用现收拾啦！然后她又收拾整理了杰克的狗窝。

　　杰克的狗窝是用旧的马鞍褥做成的，就在后门的小披屋里。从他们一搬到这，它就住在这个狗窝里了。劳拉睡在阁楼上，可它爬不上阁楼的楼梯。它在那睡了五年了，五年里，劳拉总是把它的狗窝弄得整洁、舒适，还一直保持通风。但是近来她却忘了。它自己试着把马鞍褥拼凑到一起去，再把它扒拉得松软些，可是马鞍褥却硬邦邦的结成了块。

　　她把它的狗铺抖开来，弄得蓬松柔软，让它睡得舒舒服服的。它就这么在一旁望着她，开心地笑了，欢快地摇着尾巴，感激她为它整理狗铺。她弄了个圆圆的安乐窝，轻轻地拍了拍，示意它已经铺好啦！

　　它迈进狗窝，又转过身来，停了一会儿，让自己僵硬的四肢休息一下，又慢慢地转了过去。每次晚上睡觉之前，杰克总要转三次身。它打小就这样，那时候他们还在大木林呢。每天晚上，在马车底下的草地上，它睡觉前也是要转三次身。狗狗们这个习惯是很正常的。

　　第三次转身的时候，它疲倦极了，把身子蜷作一团，摇摇晃晃趴了下来，深深地叹了口气。但是它还是抬着脑袋望着劳拉。

　　她轻抚着他满头灰毛的脑袋，想起了它的种种好处。因为杰克在，她从来都不会被狼和印第安人袭击。又有多少次，夜晚来临的时候，它帮她把奶牛赶进牛棚。他们一起在梅溪嬉戏时是多么开心啊！在满是大螃蟹的池塘玩耍时又是多么快乐！她去上学的时候，它总是在浅滩边等她放学回家。

　　"好杰克，乖杰克。"她轻轻地夸赞它。它用脑袋拱她的手，又拿舌尖舔她的手心，然后它把鼻子埋进前爪间，深深地叹了口气，缓缓闭上了眼睛。它现在累了，想睡觉了。

　　第二天早晨，劳拉从阁楼下来，正站在灯光下。爸爸正要外出做杂务。他喊了声杰克，但是杰克却没动静。

　　只见杰克蜷缩在马鞍褥上，身子已经僵冷了。

　　他们把杰克埋在麦田上面的一个低矮的斜坡下。旁边就是一条小路，杰克常常顺着这条小路帮劳拉把奶牛赶回来，那时它喜欢沿着

小路撒欢地跑。爸爸用铲子铲了些土撒到杰克的小棺材上，又把它的坟堆弄得光滑平整。等到他们都离开这去西部的时候，杰克的坟地上也该长草了吧！杰克再也不能猛嗅清晨的空气！再也不会竖着耳朵咧着嘴巴在矮草地上蹦跳撒欢！它也再不会用鼻子拱劳拉的手亲昵地撒娇，求她抚摸它了！过去不知道有多少次，她本可以不等杰克撒娇，就用手抚摸着它，当它小宝贝似的宠爱它啊，但是她却没有那么做，现在回想起来，她是多么地后悔莫及啊！

"别哭啦，劳拉！"爸爸安慰她说，"杰克去狩猎天堂啦，那充满了欢乐和希望。"

"真的吗，爸爸？"劳拉抽噎着问道。

"好狗有好报，劳拉。"爸爸告诉她说。

或许在充满了欢乐和希望的天堂，也有高高的草原，杰克正在风中奔跑，就像它从前在印第安保留地的草原上奔跑一样。过去它总是想抓一只长耳长腿的兔子，但是从来没有成功过。

那天早晨，爸爸乘着嘎嘎作响的破马车跟在多西亚姑姑的马车后走了。杰克没有站在劳拉身边目送爸爸离去。劳拉只感到一阵空虚、迷茫，杰克再也不会抬头望着她，告诉她自己一直在她身边守候。

劳拉知道自己不再是一个小女孩儿了。现在她只有自己了，所以她必须自己照顾自己。当你必须自己照顾自己，又真的把自己照顾好的时候，你就长大了。劳拉个子不高，但也快十三岁了，也没什么人可以依靠。爸爸去了西部，杰克也抛下她走了，妈妈得照顾玛丽和妹妹们，还得带她们坐火车，把她们安全地带到西部去。

3. 第一次坐火车

真到了离开的时候，劳拉简直不敢相信这是真的。从前的日子慢悠悠的，一个礼拜接一个礼拜，一个月接一个月，仿佛没有尽头，现在却突然飞逝无踪了。梅溪、小屋、山坡、田地，所有她熟悉的一切都不在了，她以后再也不会见到它们了。最后的日子十分仓促，时间排得满满的，她们忙着收拾行李，清理屋子，擦洗地板，洗熨衣服。就连最后的几分钟，她们也是匆匆忙忙地洗澡换衣服，没有半刻清闲。在一个周末的早晨，她们洗漱完毕，打扮一新，来到了火车站，在候车室的长椅上坐成一排，等着火车开来。在等火车的档儿，妈妈去售票窗口买火车票。

再过一个小时，她们就要坐火车啦！

那天天气晴朗，阳光明媚，候车室门外的月台上放着两个行李包。劳拉按照妈妈的嘱咐，一边留意着行李，一边照看着格蕾丝。格蕾丝穿着件浆过的白色小裙子，头上戴着一顶小软帽，静静地坐在那里，穿着新鞋的小脚伸得笔直。在售票窗口，妈妈小心地从钱包中抽出几张纸币来，仔细清点着。

坐火车得花钱。她们清晨坐马车来火车站一分钱都没花。而且今天早上空气清新，阳光明媚，她们乘着马车沿着新路奔跑的感觉实在太美妙啦！这时正是九月天，秋高气爽，蓝蓝的天空有许多小小的云朵飞速飘过。现在女孩儿们都上学去了，她们会看到火车呼啸而过，并且她们都知道劳拉就在火车上，她要去西部啦！火车跑得比马车快多了。它们的速度快得吓人，常常出事故，你永远都不知道在火车上会遇到什么可怕的事。

妈妈把车票放进她的珍珠母钱包里，小心地扭上了小小的钢质压扣。她穿着件深色的细毛料连衣裙，领口和袖口都带花边，整个人美极了。她戴了顶黑色草帽，帽檐窄窄的，向上翘着，帽顶一侧别着一束白色的铃兰花。她坐了下来，把格蕾丝抱在她的膝头。

现在除了等以外，无事可做。为了不错过火车，她们早来了一个小时。

劳拉整了整她的裙子。那是一条棕色棉布印花裙，点缀着一朵朵红色的小花。她的头发长长的，编成辫子垂在脑后，辫梢用红色丝带绑了个蝴蝶结。她的帽顶也飘着一根红丝带。

玛丽穿的是灰色棉布印花裙，上面印着一束束蓝花。她戴了顶帽子，帽子下的脑袋箍了一圈蓝丝带，将她可怜的短发全拢到面颊后面了。虽然她那双可爱的蓝色大眼睛什么也看不见，但是她却说："凯莉，别动来动去的，会把裙子弄乱的！"

劳拉伸着脖子向坐在玛丽旁边的凯莉望去。凯莉穿着件粉红色的印花裙，看起来又瘦又小，棕色的辫子用粉红色的丝带绑了起来，帽子上也系着一根。她可怜的小脸涨得通红，因为玛丽在挑她的错。劳拉正要说："你到我这边来，凯莉，想怎么动就怎么动！"

这时，玛丽欢快得整张脸都明亮起来，她说："妈妈，劳拉也在动来动去！我说她在乱动，不用看也知道！"

"没错，她是在乱动呢，玛丽。"妈妈说，玛丽满足地笑了。

劳拉很惭愧自己在心里生玛丽的气，刚才想说的话一句话也没说。她站起来，从妈妈前面走过，还是一言不发。妈妈不得不提醒她："劳拉，说'抱歉，借过'啊。"

"抱歉，借过，妈妈。抱歉，借过，玛丽。"劳拉礼貌地说，然后在凯莉身边坐了下来。身处劳拉和玛丽中间，凯莉感觉安全多了。凯莉真的是非常害怕坐火车。当然了，她从来没说过，但是她不说劳拉也知道。

"妈妈，"凯莉羞怯地问道，"爸爸肯定会来接我们的，对不对？"

"他会来接我们的。"妈妈说，"不过他得先从营地驾马车过来，这得花他整整一天时间呢。我们到时在特雷西小镇等他。"

"他会……在天黑之前赶到的，对吧，妈妈？"凯莉问。

妈妈说她也希望如此。

乘火车出行的时候，你指不定会发生什么事。这跟大家一起坐马车可不一样。于是劳拉乐观勇敢地说："或许爸爸已经帮我们选好家园了呢。你来猜猜我们的家是什么样子的，凯莉，待会儿我也猜猜！"

她们没法安心聊天，因为她们一直在等火车，得留心听动静。终于，玛丽说她感觉自己听到火车的声音了。接着劳拉就听到了模糊而遥远的轰隆声。她的心扑通扑通跳得厉害，简直快听不清妈妈说什么了。

妈妈一手抱起格蕾丝，另一只手拉住了凯莉。她说："劳拉，你带着玛丽跟上。现在都小心点！"

火车来了，轰隆声越来越大。她们提起月台上的行李包，看着火车飞驰而来。劳拉不知道怎么才能把行李包弄上火车。妈妈腾不出手来，而劳拉得牵着玛丽。火车头圆圆的前窗在阳光下发出耀眼的光，活像一只巨大的眼睛。烟囱向上喷着浓烟，黑色的浓烟滚滚升腾着，飘到空中去了。突然从滚滚黑烟中猛喷出一股白烟，汽笛发出悠长荒凉的尖叫声。那咆哮着的家伙向她们直冲过来，变得越来越大，最后变成了庞然大物，震耳欲聋的怒吼声摇撼着一切。

最让人胆战心惊的时刻终于过去了，火车没有撞到她们。火车咆哮着，厚重的轮子撞击着铁轨，发出哐当哐当的声音，一节节运货车厢和一节节乘客车厢在眼前闪过，终于慢慢地停了下来。她们得上车了。

"劳拉！"妈妈尖声叫道，"你跟玛丽当心点！"

"知道了，妈妈，我们会当心的。"劳拉说道。她跟在妈妈身后，紧张地扶着玛丽，引着她一步一步走过月台的木板地面。当妈妈停下来时，她也让玛丽停下不走。

她们来到火车尾部的最后一个车厢，车厢外面有一道台阶通向里面。一个身穿深色西装、戴帽子的陌生男人扶着怀抱格蕾丝的妈妈走上台阶。

"啊呀当心！"他说，伸手将凯莉抱了上来，放在妈妈旁边。然后他问："那些是你们的行李包吗，太太？"

"是的，请帮忙拿上来吧！"妈妈说，"劳拉、玛丽，上来！"

"他是谁啊，妈妈？"劳拉扶着玛丽上台阶时，凯莉问道。她们挤在一个狭小的空间里。那个男人手上拎着她们的行李包，欢快地从她们身边挤了过去，用肩膀推开了车厢门。

她们跟在他身后，从两排坐满了乘客的红色天鹅绒座位中间穿了过去。车厢两边几乎都是一扇扇坚固的窗户。车厢内的光线几乎跟外面一样明亮。大片大片的阳光斜射在人们身上，也洒在红色的天鹅绒上。

妈妈在一个天鹅绒座位上坐了下来，将格蕾丝放在膝盖上。她让凯莉坐在她身旁。她说："劳拉，你跟玛丽坐我前面。"

劳拉将玛丽引到座位上，然后她们坐了下来。天鹅绒座位很有弹性，劳拉真想在上面蹦一蹦，跳一跳，但是她必须保持举止得体。她低声说："玛丽，这些座位外面包着红色天鹅绒。"

"我知道。"玛丽说，用指尖轻抚着座位，"我们前面是什么？"

"是前排座位的靠背，也是天鹅绒的。"劳拉告诉她。

火车头突然开始鸣笛，她们吓得差点跳起来。火车准备出发了。劳拉在座位上跪起身来，向妈妈望去。妈妈看起来神色自若。她身穿深色裙子，领子上带白色花边，帽子上也点缀着白色的可爱小花，整个人看起来十分优雅。

"怎么了，劳拉？"妈妈问道。

劳拉问："那个男人是谁？"

"司闸员。"妈妈说，"现在，坐下来……"

火车突然猛震了一下，劳拉的身子不由得向后一仰，脸颊猛地撞到了靠背上，帽子也从脑袋上滑了下来。火车再次颠簸起来，但是这次没那么剧烈了。接着，火车颤抖起来，站台也开始向后退去。

"火车开了！"凯莉吓得大叫起来。

火车颤抖得越来越快，声音也越来越大。站台向后退去，车厢底下的车轮开始哐当哐当地撞击着铁轨。哐当哐当，哐当哐当，车轮前进了，越来越快。木材堆置场、教堂和校舍从窗外飞逝而过。那是小镇最后的景色。火车越开越快，小镇很快从劳拉眼前消失了。

现在整个车厢都开始摇晃起来，下面的车轮不时发出哐当哐当声，滚滚的黑烟被吹得翻腾不止。车窗外的电报线蹿上蹿下地飘荡着。其实并不是真的蹿上蹿下，只是电线杆之间的电报线下垂出一道道弯弧，看起来起伏不止罢了。电报线被扎在绿色的玻璃把手上。那些玻璃把手在阳光的照射下闪闪发光，而当浓烟翻腾时，它们便黯然失色了。除电线之外，牧场、田地、散落的农舍和谷仓也从车窗外飞快地掠过。

它们的速度太快了，劳拉几乎来不及看清，它们就从眼前飞逝而过了。火车一小时可以跑二十英里——赶上马儿们整整一天的行程啦！

4. 火车上的见闻

车厢门开了，进来一个高个子男人。他穿了一件带铜扣的蓝色外套，头上戴了顶帽子，帽子前面还印着几个字母。每到一个座位，他都要停下来，拿出乘客的车票看看。他手里有一个小小的机器，给每张车票都打了孔。妈妈拿出三张车票给他。凯莉和格蕾丝还小，乘车不需要付钱。

列车员继续检票，劳拉低声说道："哦，玛丽！他的衣服上有好多闪闪发亮的铜扣子，帽子前面写着'列车员'三个字！"

"而且他很高，"玛丽说，"他的声音从高处发出来的！"

劳拉试着告诉她电线杆从窗外掠过时速度有多快。她说："电线杆之间的电报线因为下坠，起起伏伏的，"她开始数电线杆，"一——噗，二——噗，三！就是这么快！"

"我知道快，我能感觉到！"玛丽愉快地说道。

那个可怕的早晨，玛丽连眼前的阳光都看不到了。那时爸爸就说，劳拉要做她的眼睛。他是这么说的："你的一双眼睛已经足够敏锐，再加上你的舌头，你可以用它来帮助玛丽啦！"劳拉答应了。

所以她试着去做玛丽的眼睛，玛丽很少需要问她说："请把你看见的大声告诉我吧，劳拉！"

"车厢两边都是窗户，靠得很近。"现在劳拉说道，"每个窗户都是一块大玻璃，甚至连玻璃间的二木头封条也像玻璃一样闪亮，像抛光的一样。"

"是的，我知道。"玛丽感觉到了玻璃，并用指尖触摸着闪亮的木头封条。

"阳光从南面的窗户照进来，洒在红色天鹅绒座位和人们的身上，形成一道道宽条纹的光影。角落里的阳光洒在地上，影子在地上晃来晃去。窗户上面的木头封条从两边的墙壁上弯曲进来，天花板中间高出一块，有一些细长低矮的窗户，你可以看见窗户外面的蓝天呢！但是在车厢两边的大窗户外面，乡村正飞逝而过。留茬田是黄色的，谷仓旁边是干草堆，农舍周围是红的黄的小树丛。"

"现在再说说乘客吧！"劳拉继续低声描述着，"我们前面的男人是个秃顶，留着络腮胡，他正在看报纸，根本不向窗外瞧一眼。再前面是两个年轻的男人，都戴着帽子。他们俩拿着张白色的大地图，正在边看边交谈。我猜他们也是要去寻找家宅地。他们双手粗糙，结满老茧，所以他们应该是工人。再前面是个女人，她有一头靓丽的金发，还有，哦，玛丽！最靓的红色天鹅绒帽子，还带粉红色的玫瑰花……"

正在这时，旁边有人经过，劳拉抬头看了看。她继续说道："刚过去一个细瘦的男人，眉毛很浓，长着长长的胡子，喉结突出来了。他走路歪歪斜斜的，因为火车开得太快了。我想知道他想干什么……

哦，玛丽！他转动了一下车厢后面墙上的一个手柄，然后就有水流出来了！"

"水流到一个锡杯里了！现在他正在喝水，喉结一动一动的，他又开始往杯子里灌水了！他一转把手，就出水了。你觉得怎么样，玛丽？他把杯子放在一个小架子上了。现在他正在往回走。"

当那个男人从她身旁走过之后，劳拉下定了决心。她问妈妈自己可不可以去取些水喝，妈妈说可以。于是她出发了。

她也走不直。车厢摇摆不定，她也晃来晃去的，一路上都抓着座位的靠背。但是她终于来到车厢尾部，看见了发亮的把柄和喷嘴，还有它们下面放锡杯的架子。她只将把柄转动了一点，水就从喷嘴里流出来了。她将把柄拧回原位，水就停了。杯子下面有个小洞，洒出来的水可以顺着这个小洞流走。劳拉从未见过这么让人着迷的东西。它是那么整洁，那么奇妙，让她想要一遍一遍地给杯子灌水。但是那有点浪费水，所以她喝完水后，只灌了一杯水，还没灌满——为了不溢出来，她小心翼翼地拿给妈妈。

凯莉喝过后，格蕾丝喝，她们喝饱了，妈妈和玛丽不渴，所以没喝。劳拉把杯子送回原位。火车一直向前跑，窗外的风景飞快地闪到后面去了。车厢一直摇摇晃晃的，但是这一次劳拉没有碰她经过的任何座位，她可以走得几乎跟列车员一样平稳了。恐怕谁也想不到她其实是第一次坐火车呢！

这时一个男孩顺着过道走了过来，手里还提着个篮子。他停下脚步，把篮子给每一位乘客看，有些乘客从篮子里拿了些东西，并给了他一些钱。当他走到劳拉身边时，劳拉发现他的篮子里盛满了一盒盒糖果和长条的口香糖。那男孩把篮子给妈妈看："新鲜好吃的糖果，要吗，太太？要口香糖吗？"

妈妈摇了摇头。那个男孩打开一盒，露出五颜六色的糖果来。凯莉急切地深吸了一口气，自己都没觉察到。

那男孩轻轻摇了摇糖果盒，小心不把糖果撒了出来。那是漂亮的圣诞糖果，有红的，有黄的，还有红白条纹的。男孩说："只要十美分，太太，一角硬币就够啦！"

劳拉和凯莉都知道她们不可能拥有那些糖果，所以她们只是眼巴巴地看着它们。但妈妈突然打开了钱包，数了五个镍币和五便士，放到男孩手里。她拿起一盒糖果给凯莉。

男孩走了。像是为自己的挥霍做解释，妈妈说道："无论如何，我们该为第一次坐火车庆祝一下啊！"

格蕾丝睡着了。妈妈说小孩子不该吃糖。妈妈只拿了一块小的。之后凯莉来到座位上，跟劳拉和玛丽一起把剩下的糖果分掉了。她们每人拿了两块，打算只吃一块，剩下的一块留着改天吃。但是刚吃完第一块糖果没多久，劳拉就决定吃第二块了。接着凯莉也把自己的第二块糖吃了，最后玛丽也屈服了。她们一点一点地把剩下的糖果咂得干干净净。

火车头发出悠长响亮的汽笛声时，她们还在舔自己的手指。火车慢了下来，越来越慢。车外屋舍向后跑的速度也越来越慢。所有乘客都开始把自己的东西堆在一起，并戴上了自己的帽子。最后火车猛烈地一颤，停了下来。是中午了。她们已经到特雷西小镇了。

"女儿们，我希望你们不要因为吃了糖果就不吃午饭了。"妈妈说。

"可是我们什么吃的也没带啊，妈妈！"凯莉提醒她。

妈妈心不在焉地答道："我们下馆子去！走吧，劳拉！你跟玛丽当心点！"

5. 火车到站啦

　　爸爸没有在陌生的车站等她们。司闸员将她们的行李包从月台上拿了下来，说道："如果你们愿意等一分钟的话，太太，我带你们去旅馆。我自己也正要到那去。"

　　"谢谢你！"妈妈感激地说。

　　司闸员帮忙把火车头从火车上解开。锅炉工穿着一身红色的制服，整个人被烟灰熏得脏兮兮的。他从火车头里探出身子，向外张望着。他猛拉了一下铃绳，火车头自己开动了，在叮当叮当的铃声中喷着浓烟。不过它只走了一小段路就停下来了。劳拉简直不敢相信她看到的一切：火车头下的铁轨和枕木向右一百八十度转了个圈，直到两端的铁轨又接到一起，这样一来，火车头就调了个头，面朝后了。

　　劳拉吃惊得简直不知道怎么告诉玛丽眼前正在发生的一切。火车头喷着白烟，从火车旁边的另一道铁轨上哐当哐当地驶过。铃儿叮当叮当地响着，工人们大声喊着号子，双手用力推着火车头。于是火车头开始向后退，最后嘭的一声撞到了火车尾上。车厢一个接一个地嘭嘭嘭地撞到了一起。这样一来，火车车身和火车头就连到了一起，面朝东边了。

凯莉吃惊得张大了嘴巴。司闸员善意地笑了笑，"那是个转车台。"他告诉她，"这里是铁轨的终点，我们得把火车头掉头，这样它才能顺着这条路线把火车拉回去啊！"

当然了，他们是得那么做，但是劳拉以前从来没想过这些。她现在明白爸爸说的他们"生活在一个极好的时代"是什么意思了。爸爸还说，世界史上从来都没有过这样的奇迹。现在她们一个上午就跑完了整整一个星期的路程，而且劳拉还看到了火车掉头，一个下午就可以跑完回程。

有一瞬间，她几乎希望爸爸是个铁路工人。没有什么比铁路更美妙有趣了，而铁路工人是伟大的人，他们可以驾驶铁做的大火车头和又快又危险的火车。但是当然了，就算是铁路工人也比不上爸爸，她并不是真的希望爸爸是别的样子，她喜欢爸爸现在的样子。

车站旁边的另一道铁轨上，是一长排运货车厢。工人们正在把车厢上的货卸下来装进马车。但是他们突然全都停下来，从马车上跳了下来。他们中的一些人大声叫着，一个高个子年轻人开始放声唱起妈妈最喜欢的赞歌：

就在不远之外，
有一间伙食房，
那有煎鸡蛋和火腿肠！
一天三顿，
喔！当餐铃响叮当！
食客们高兴得直嚷嚷！

喔！那些鸡蛋闻起来怎么样？

一天三顿——

他的歌声颇有震撼力，其他一些男人也唱起来。他们看到妈妈后，不由得停下来了。妈妈轻轻地走着，一手抱着格蕾丝一手牵着凯莉。司闸员有些窘，他飞快地说："我们最好快点，太太，那是餐铃声。"

旅馆在一条短街上，旁边有几家商店和一块空地。路旁的一块标志牌上写着"旅馆"二字。标志牌下面站着一个男人，正在摇一个手摇铃。手摇铃叮叮当当地响着，男人们走在尘土飞扬的街道和木板人行道上，脚上的靴子踏得地面嘭嘭作响。

"哦，劳拉，这情形听起来真吓人，看起来也一样吓人吗？"玛丽颤抖着问道。

"不吓人，"劳拉说道，"看起来一切都挺好的。这里是一个小镇，你听到的那些是一帮工人。"

"可是他们听起来可真粗鲁。"玛丽说道。

"我们现在到旅馆门口啦！"劳拉告诉她。

司闸员引她们进去，并把行李包放了下来。地板该清洗了。四面墙壁都贴满了纸，还挂着一本挂历。挂历上有张醒目的画，画上是个美丽的女孩儿站在金黄色的麦地里。工人们喧哗着涌进了不远处的一个大房间，房间里摆了张长桌子。长桌上铺着白色的桌布，已经摆好了餐具。

摇铃的男人告诉妈妈说："太太，你们的房间已经准备好了。"他把行李包放在桌子下面，又说道："太太，吃饭前要洗漱一下吗？"

在一个小房间里，有个洗手台。一个大瓷碗里坐着只陶瓷大水罐。墙上挂着擦手毛巾，是套在滚筒上可以转动的。妈妈弄湿了一条干净的手帕，为格蕾丝和她自己洗手洗脸。然后她将瓷碗里的水倒在洗手台旁边的水桶中，又装满一碗干净的水给玛丽用，之后是劳拉。冷水泼到她们灰扑扑、黑熏熏的脸上，舒服极了！但是瓷碗里的水却变得黑乎乎的了。每个人只能用一点水，不多久水罐就空了。劳拉洗过脸后，妈妈把水罐重新放在大瓷碗里。她们都在擦手毛巾上擦干了手。擦手毛巾用起来十分方便，因为它的两端是缝在一起的，可以在滚筒上转动，这样每个人都能找到干的地方来用。

现在该去餐厅了。劳拉有点害怕，她知道妈妈也是。要面对这么多陌生人，对她们来说是有点困难。

"你们看起来都很干净漂亮。"妈妈说道，"现在记住，要懂礼貌。"妈妈抱着格蕾丝走在前面。凯莉跟在她后面，然后是劳拉领着玛丽。众人正在吃饭，原本是一片喧嚣嘈杂，她们一进餐厅，大家就肃静下来了，全都抬起头来看着她们。妈妈好不容易找到一些空椅，然后她们在长桌旁齐齐坐下。

整个长桌上都铺了一层白色的桌布，桌上放着一个个餐桌罩，形状看起来像蜂箱。每个餐桌罩下面都有一大盘肉或是一碟蔬菜。还有几盘面包和黄油，几碟泡菜，几罐果汁，几罐奶油，另加几碗白糖。桌上每处都放了一小盘大馅饼。苍蝇在餐桌罩的网筛上爬来爬去，嗡嗡叫着，却碰不到里面的食物。

每个人都友好地传递着食物。所有的盘子碟子都一一传了过来，放在妈妈面前。除了妈妈说"谢谢"的时候咕哝一句"不用谢，妈妈"，

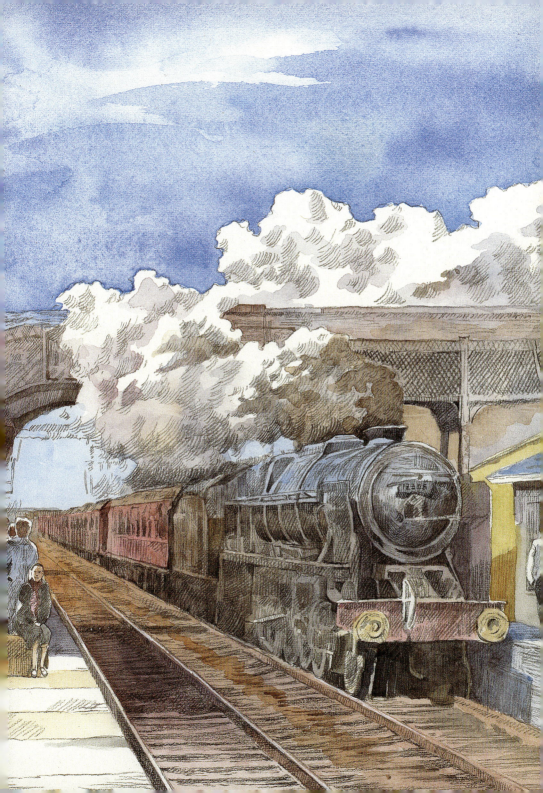

没人说话。一个女孩儿给妈妈拿了杯咖啡。

劳拉帮玛丽把肉切成小块，又给她的面包抹上黄油。玛丽十指灵活，熟练地使用着刀叉，什么也没洒出来。

遗憾的是因为太兴奋了，她们没什么胃口。这顿饭花了二十五美分，她们可以想吃什么就吃什么，食物足够她们吃的。但是她们只吃了一点点。几分钟的工夫，所有人都吃完了馅饼离开了。那位上咖啡的女孩儿撤去残席，将碟子盘子都拿到厨房去了。这女孩儿大脸盘，黄头发，个子很高，天性温柔敦厚。

"我猜你们这是去投奔家人？"她问妈妈。

"是的。"妈妈答道。

"你家男人在铁路工作吗？"

"是的。"妈妈说，"他下午会来接我们。"

"我猜也是这样。"那女孩儿说，"真有趣你们这时候来。大多数人都是春天来。你的大女儿眼睛盲了，是不是？真是太不幸了。哦，客厅就在旅馆的另一边，如果你们愿意的话，可以去坐坐，等你家男人来接你们。"

客厅的地上铺了一层地毯，墙上贴着花纸。椅子上铺着暗红色的毛绒垫子。妈妈把身子陷入摇椅中，如释重负地叹了口气。"格蕾丝可真沉。坐下来吧，女儿们。都安静点。"

凯莉爬上妈妈旁边的一把大椅子，玛丽和劳拉坐在沙发上。大家都安安静静的，好让格蕾丝睡个午觉。

中间的桌子上放了盏铜座的台灯。桌腿是弯的，玻璃球桌脚就支在地毯上。蕾丝窗帘是向两边拉开的，劳拉可以看见一片牧场，以及一条横穿牧场的小路。或许爸爸就是从这条路上来接她们呢。如果是这样的话，她们一会儿就会走到那条路上去。劳拉会向路的尽头远眺，看一看她们将一起生活的新家园。

下午的时光真漫长，她们一直坐在客厅里等着爸爸来。格蕾丝睡着了，凯莉也睡了一会儿，就连妈妈也打了会儿盹。终于在太阳快落山的时候，小路的尽头出现了两匹马儿拉着的一辆马车，马儿和马车的身影越来越大。格蕾丝已经醒了，她们全都从窗户往外望去。马车终于变得跟实物一样大小了。那是爸爸的马车，爸爸人就在马车里。

因为她们在旅馆中，所以不能跑出去迎接他。但是不一会儿他就进来了，一边叫道："嘿！我的乖女儿们！"

6. 铁路上的营地

第二天一早，他们就坐在马车里向西出发了。格蕾丝坐在爸爸妈妈中间的弹簧座上，凯莉和劳拉坐在车厢中的一块木板上，玛丽就坐在她俩中间。

坐火车出行又体面又快捷，但是劳拉还是更喜欢马车。因为只有一天的行程，爸爸没有把马车罩拉下来。他们头顶是蓝蓝的天空，眼前是绵延不绝的草原，草原上散落着几家农场。马车走得很慢，他们有足够的时间观赏大自然的风景。而且他们还可以一边看风景一边轻松地聊天。

唯一的噪音是马蹄的嗒嗒声和马车的嘎嘎声。

爸爸说希姑父已经完成了第一个承包项目，正要搬往更西面的新营地去。他说："工人们都走得差不多了，除了多西亚的亲戚，就剩两个卡车司机了。他们已经把棚屋拆了，过两天就把木材也撤走。"

"那我们也跟着走吗？"妈妈问道。

"是的，这一两天就动身。"爸爸答道。他还没有开始找安家的宅地，因为他还想再往西走看看。

劳拉没有发现什么新鲜事可以说给玛丽听的。马儿沿着横穿草原的一条笔直的小路不停地跑着。沿着小路两旁堆积着挖铁路地基时挖出来的泥土。北边的田地和屋舍看起来跟家里的一样，只是更新更小些。

早晨的新鲜感已经过去了。她们坐在硬木板上，一路忍受着马车的颠簸和摇晃。太阳慢腾腾地向天空爬去，似乎从来都没像今天这么慢过。凯莉叹了口气。她尖尖的小脸有些苍白。但是劳拉对此爱莫能助。劳拉和凯莉必须坐在木板两边，因为玛丽必须坐中间。

终于烈日当头了，爸爸把马车停在了一条小溪旁。停下来后，感觉好极了。小溪水流潺潺，像是在呢喃低语。马儿在马车后面的饲料箱里大口嚼着芥麦草。妈妈在温暖的草地上铺了一块布，然后打开了午餐盒。午餐盒里有面包和黄油，还有煮鸡蛋，另外还有纸包着的胡椒和盐，是用来蘸鸡蛋吃的。

中午的时间过得太快了。爸爸把在溪边喝饱了水的马儿牵了回来。妈妈和劳拉捡起地上的鸡蛋壳和纸片，把地方打扫干净。爸爸又将马儿套上了马车，大声喊道："全部上车！"

劳拉和凯莉希望可以步行一会儿。但是她们没说，因为她们知道玛丽跟不上马车。玛丽的眼睛看不见，她们不能让她一个人待在马车里。于是她们帮玛丽爬上马车，然后坐在她两边。

下午的时光比上午还漫长得多。有一次劳拉说："我还以为我们在往西走呢！"

"我们就是在往西走啊，劳拉。"爸爸说道，有些吃惊。

"我还以为西部会有点不一样呢！"劳拉解释道。

"等到了西部你就会发现不一样的地方了！"爸爸说。

又有一次，凯莉叹了口气，说："我累了。"但是她马上直起身子说："也不是很累。"她可不想抱怨什么。

一点颠簸根本不算什么。他们以前从梅溪坐马车到镇上去有两英里半的路程，几乎都感觉不到累。但是现在，从日出到中午，再从中午到日落，马车一路上不停地颠簸，实在让他们觉得有点累。

天黑了，马儿还在缓缓跑着，车轮依然转动，硬木板仍旧发出吱吱呀呀的声音。头顶已是繁星满天了。风有点冷。要不是硬木板吱吱呀呀的，他们早就全都睡着了。很长一段时间内，谁都没说一句话。过了一会儿，爸爸开口说道："前面的小屋里有亮光！"

远远的，可以看见一点微弱的亮光在黑漆漆的路上一闪一闪的。星星看起来更大了，但是它们的光是清冷的。而那微弱的亮光却充满了温暖。

"是黄色的灯光，玛丽。"劳拉说道，"它在远处的黑暗里一闪一闪的，告诉我们要一直前进。那边有屋舍，还有人。"

"还有晚餐呢！"玛丽说，"多西亚姑姑做好了热乎乎的晚饭等着我们呐！"

渐渐地，远处的光越来越亮了。它开始变得稳当起来，是圆圆的亮光。又过了很长一段时间后，它变成方角的了。

"现在可以看清楚了，是个窗户。"劳拉告诉玛丽，"是间长长的低矮的房子。暗处还有两间长长的低矮的房子。我就看见这么多啦！"

"营地就这么大啦！"爸爸说道。他吁的一声喝停了马儿。

马儿立刻停了下来，再也不向前一步。马车也不颠簸摇晃了。一切都停下来了，四周一片寒冷和黑暗。门口透出一片光来，多西亚姑姑叫道："卡罗莱！女孩儿们！快点进来！把你的马儿拴好，查尔斯！晚饭好了！"

阴寒已经钻到劳拉的骨头里去了。玛丽和凯莉也有些动作僵硬，她们哈欠连连，步履蹒跚地进了屋。在长房间里，灯光照在长桌长椅和粗糙的木板墙上。这里很温暖，烤炉上还有香喷喷的晚饭。多西亚姑姑说道："莉娜，吉恩，你们难道不想跟你们的表姐妹们说点什么吗？"

"你好！"莉娜说道。劳拉、玛丽和凯莉一起说道："你好！"

吉恩还只是个小男孩，才十一岁。莉娜比劳拉大一岁。她的眼睛是黑色的，充满了勃勃生机，头发是黑得不能再黑的自然卷。她前额蜷曲着一簇簇短发，头顶呈波浪状，辫梢也是卷的。劳拉喜欢她。

"你喜欢骑马吗？"她问劳拉，"我们有两匹黑色的小马驹，我们常骑的，我还能驾马车呢！吉恩不能，因为他太小了。爸爸不让他驾单座轻马车。但是我能。明天我要去洗衣服，要是你愿意的话，可以跟我一起去。你愿意去吗？"

"愿意！"劳拉说，"如果妈妈肯让我去的话。"她太困了，没有心思问她们怎么驾着单座轻马车去干些清洗的活。她困得连晚饭都没法吃了。

希姑父是个好脾气的胖子，为人很随和。多西亚姑姑说话很快，希姑父试着想让她淡定点。但是每次希姑父一劝多西亚姑姑，她像连发炮珠，反而越说越快啦！她很生气，因为希姑父辛辛苦苦工作了一夏天，却一无所获。

"他跟个陀螺似的辛辛苦苦干了一夏天！"她说，"他甚至把我们自家的马儿牵到工地上干活了！我俩省吃俭用，勒紧裤腰带才撑到活干完的一天。现在活干完了，公司却说我们倒欠他们钱！我们辛苦了一夏天，他们说我们倒欠他们钱！更过分的是，他们还让我们接另一单活，希还接了！这就是他干的好事！他接了！"

希姑父再次想要让她安静下来，劳拉也打起了精神，努力让自己不要睡着。眼前所有的面孔都摇晃起来，声音也乱成了一团。她猛伸了伸脖子，抬起头来。吃过了晚饭后，她摇摇晃晃地去帮忙洗盘子，但是多西亚姑姑让她和莉娜赶紧去睡觉。

多西亚姑姑的床上睡不下劳拉、莉娜和吉恩。于是吉恩跟男人们一起去睡牧场的工人宿舍。莉娜说："来吧劳拉！我们去睡帐篷！"

室外地方很大，十分昏暗寒冷。广阔的天空下，工人宿舍看起来低矮而模糊。星光下，小小的帐篷就像幽灵一般，看起来离灯火通明的屋舍很远了。

帐篷是空的，只有脚下的草地和渐渐收拢到头顶的帆布墙。劳拉有些迷茫，感到一阵孤独。她从来都不介意睡在马车里，但是她不喜欢住在陌生的地方，更不喜欢睡在地上，而且她希望爸爸妈妈在她身边。

莉娜觉得睡在帐篷里十分有趣。她扑通一声躺在地上铺着的毛毯上。劳拉困倦已极，迷迷糊糊地说道："我们不脱衣服就睡吗？"

"脱衣服干吗？"莉娜说，"第二天早上还得再穿上。再说这也没有盖的东西！"

于是劳拉在毛毯上躺了下来,呼呼入睡了。突然她身子一颤,醒了,心里开始害怕起来。夜晚的无边的黑暗中,又传来了荒凉而尖锐的嗥叫声。

不是印第安人,也不是狼。劳拉不知道那是什么声音。她的心脏停止了跳动。

"嗨!你可别吓唬我们!"莉娜叫道。她对劳拉说:"是吉恩,他在吓唬我们呢!"

吉恩又叫了起来,但是莉娜大叫道:"滚开!小屁孩!我从小生活在森林里,可不是被猫头鹰吓大的!"

"呀!"吉恩对她喊了回来。劳拉放松下来,不一会儿就睡着了。

7.骑上黑色的马驹儿

阳光透过帆布墙照在劳拉的脸上，她醒了。她睁开眼睛，正巧莉娜也睁开了眼睛。她俩你看看我，我看看你，不约而同地放声大笑起来。

"快点！我们还要去洗衣服呢！"莉娜叫道，跳了起来。

她们没有脱衣服，也就不需要穿衣服了。她们把毛毯叠好，又收拾好床铺，蹦蹦跳跳地出了帐篷。这时候还是清晨，外边天地广阔，清风拂面，美极啦！

晴朗的天空下是小小的屋舍。东西两边是铁路路基和公路。北面的荒草起伏摇摆着，摇落一地羽毛状的褐色种子。一群男人正在拆一座屋舍，咔嗒作响的木板发出欢快的嘈杂声。随风起伏的草丛中有两根拴马索，拴着两匹正在吃草的黑色马驹，黑色的鬃毛和马尾在清风中微微拂动。

"我们先吃早饭。"莉娜说，"来吧，劳拉，快点！"

除了多西亚姑姑外，所有人都在餐桌旁坐定了。多西亚姑姑正在煎薄饼。

"快去洗脸梳头去，你们两个懒虫！早餐在桌子上，别找借口，懒小姐！"多西亚姑姑大笑着，趁莉娜从身旁走过时，在她的屁股上拍了一巴掌。今天早上她像希姑父一样好脾气。

早餐非常可口。爸爸也笑哈哈的，声如洪钟。但是早饭过后，有好大一堆盘子要洗！

莉娜说这么点盘子跟她正在干的活相比，根本就不算什么。她每天都要洗四十六个男人吃饭的盘子，一天洗三次，还是在做饭的空当儿呢！她跟多西亚姑姑每天都从日出忙到深夜，一刻也不得闲，还是干不完所有的活。正因如此，多西亚姑姑把洗衣服的活放到外面，雇人来做。这还是劳拉头一回听说在外面雇人洗衣服。帮多西亚姑姑洗衣服的是一位农妇，她住在三英里之外，所以劳拉她们驾马车来回要跑六英里。

劳拉帮莉娜给马车套上马具，拾起拴马索，牵起顺从的马驹儿。她又帮莉娜给马儿套上马具和马嚼子。颈圈上的马颈轭紧紧地抱住了马儿温热的黑色脖子和尾巴下的马臀。莉娜和劳拉让马驹儿后退到马车的辕杆之间，将坚硬的缰绳牢牢系在马车的横木上。她们爬上马车，莉娜提起了缰绳。

爸爸从来没有让劳拉驾过他的马儿。他说劳拉力气不够大，如果马儿失控乱跑的话，劳拉根本拉不住它们。

莉娜一提缰绳，两匹小马驹就撒开四蹄，欢快地小跑起来。车轮迅速转动起来，一阵清风立刻迎面扑来。鸟儿扑棱着翅膀，唱着歌，从随风起伏的草丛上掠过。马驹儿越跑越快，车轮也越转越快。劳拉和莉娜开心极了，一路上充满了欢声笑语。

突然慢慢小跑的两只马驹儿互相碰了碰鼻子，一声嘶鸣，猛力奔跑起来。

马车随之颠簸起来，几乎把劳拉的座椅从她身下猛拉出来。她的软帽被掀到了脑后， 不停地拍打着她，把绕在她喉咙上的细绳拉得越来越紧了。她紧紧地抓住座椅的边缘。马驹撒开四蹄，拼了命地跑。

"马儿失控了！"劳拉喊道。

"让它们跑！"莉娜叫道，用缰绳摔打着它们，"除了草，它们什么也撞不到！嘿！吁！吁！吁！吁，驾！"她对着马驹大叫着。

它们长长的黑色鬃毛和尾巴随风飘动，四蹄重重地击打着地面，马车简直快飞起来了。一切都从眼前飞逝而过，太快了，根本看不清。莉娜开始唱道：

> 我认识一个英俊的年轻人，
> 哦，小心！哦，小心！
> 他见了我就大献殷勤。
> 当心！哦，一定要小心！

劳拉从来没有听过这首歌，但是不多久她就放开嗓子跟着莉娜唱起副歌来：

> 亲爱的姑娘，千万小心！
> 不要把他的甜言蜜语当真！
> 小心！哦，一定要小心！
> 他对你不是出自真心！

当心！哦，当心！

"嘿，吁，吁！吁！吁，驾——"她们大叫道。但是马驹已经以最快的速度奔跑了，再也快不了了。

> 我不要嫁给农民，
>
> 他一辈子在泥土里刨食！
>
> 我要嫁给一个铁路工人，
>
> 他的衬衫上织着条纹！
>
> 哦，铁路工人，铁路工人，
>
> 我的铁路工人！
>
> 我要嫁给一个铁路工人，
>
> 我要成为铁路工人的新娘！

"我想最好让马儿喘口气。"她说道，提勒着缰绳，马驹儿渐渐慢跑，越跑越慢，最后变成了慢走。

一切都安静了下来，也慢了下来。

"我也想驾马车，"劳拉说，"一直都想，不过爸爸不让。"

"你可以驾一段路试试。"莉娜慷慨地说。

就在那时，马驹又互相碰了碰鼻子，昂首嘶叫着狂奔起来。

"回去的时候可以让你来驾车！"莉娜向劳拉保证。她们唱着歌，笑闹着穿过草原继续前进。每次莉娜都会让马驹慢下来喘口气，它们缓了口气后，又开始奔跑。不多久她们就到了农妇家的农舍。

这是一间小小的屋子，上下都是木板围成的，屋顶朝同一个方向倾斜，所以看起来像半间小屋。它还没有旁边的麦堆大呢！麦堆旁边有几个男人正在用一台脱粒机打谷，机器轰鸣着，闹哄哄的。

那个农妇从屋里出来，走到马车旁，把一篮子要洗的东西拖下来。太阳下，她的脸庞、手臂连同赤着的脚是皮革一样的棕色。她的头发散着，乱蓬蓬的，没有梳理，身上的裙子软塌塌的退了色，看起来脏兮兮的。

"让你们看到我这个样子真是不好意思！"她说，"我女儿昨天刚结的婚，今天早上又要打谷子，还有这些衣服要洗！天没亮就开始忙活，一直忙到现在，一天的工作却才刚刚开始，而且我女儿出嫁了，不能帮我了。"

"你是说莉琪结婚了？"莉娜惊讶地问道。

"是啊，莉琪昨天结的婚。"莉琪的妈妈高声说道，"她爸爸说十三岁还小，但是她已经找了个好男人，我说还是趁着年轻定下来好！我自己结婚也早呢！"

劳拉和莉娜不由得面面相觑。在回营地的路上，有一段时间她们沉默着，谁也没说话，但是过了一会儿，她俩不约而同地开口了。

"她只比我大一点点。"劳拉说。莉娜说："我比她还大一岁呢！"

她俩又互相望了望对方，眼神里几乎充满了惊恐。莉娜甩了甩她那黑发卷曲的脑袋："她真是个傻瓜！现在她再也不会有好时光了！"

劳拉表情严肃地说："是啊，她现在再也不能玩了。"

就连马驹儿也步子沉重起来。过了一会儿，莉娜说她猜莉琪以后不需要像从前那样辛苦地干活了："毕竟她现在是在自己家里，干自己家里的活，而且她会有小宝宝的。"

"嗯，"劳拉说道，"我喜欢自己的房子，也喜欢小宝宝，我不介意干活，不过我不想当家操心。我还是情愿让妈妈多操一段时间的心。"

"另外，我不想定下来。"莉娜说，"我不想结婚。如果结婚的话，我想嫁给一名铁路工人，只要我还活着，就要一直往西走。"

"我现在可以驾车了吗？"劳拉问道。她想忘记有关长大的事情。

莉娜把缰绳给她。"你只要抓住缰绳就好了，"莉娜说，"马驹儿知道回去的路。"就在那一瞬间，马驹儿们坏笑着碰了碰鼻子，昂首嘶叫起来。

"抓好缰绳，劳拉！抓好缰绳！"莉娜尖叫道。

劳拉撑开双脚坐稳，使出全身的力气抓紧了缰绳。她可以感觉到马驹儿没有任何伤害她的意思。它们跑是因为它们喜欢在风中奔跑的感觉，它们只是去做它们想做的事。劳拉提紧缰绳，口中叫道："吁！吁！吁，驾！"她已经把那一篮子衣服给忘了，莉娜也是。回营地的时候，她们一路嬉闹着，不时放声高歌。马驹儿一会儿快跑，一会儿慢下来，一会儿又开始快跑。当她们在屋舍旁停下来，解开套具拴好马驹的时候，发现最上面一层洗净的衣服全都掉到座椅下面的车板上了。

她们心怀愧疚地把掉了的衣服收好抚平，将沉甸甸的篮子拖到屋里去。多西亚姑姑和妈妈正在往盘子里装饭。

"你们这俩女孩儿看着还挺老实的，谁知老实人不办老实事，"多西亚姑姑说道，"说，你俩都干什么去了？"

"什么呀，我们只是驾马车出去把洗好的衣服拿回来罢啦！"莉娜嚷道。

那天下午真是比上午还要刺激。盘子洗好后，莉娜和劳拉又跑到马驹那，发现一只小马驹儿已经被吉恩骑走啦！这会儿他正在草原上策马驰骋呢！

"这不公平！"莉娜叫道。另一只小马驹儿正在绕着圈子跑，因为它被拴马绳给拴住了。莉娜抓了抓它的鬃毛，解开了绳子，脚尖一踮，纵身一跃，跨上了疾驰的马背。

劳拉在一旁看着莉娜和吉恩一圈又一圈地赛跑，像印第安人一样大喊大叫着。他们俯着身子在马背上疾驰，头发向后飞扬着，双手紧紧抓住马儿向后飞扬的鬃毛，双腿牢牢地钩住了马肚子。两匹马驹儿疾驰着，一圈又一圈地跑，在草原上你追我赶的，就像天空的飞鸟。劳拉怎么看也看不够。

两匹马驹疾驰而来，在她身边停住了。莉娜和吉恩翻身下马。

"来吧，劳拉。"莉娜热情地叫道，"你可以骑吉恩的马！"

"谁说她可以骑我的马啦？"吉恩反问莉娜，"你让她骑你自己的马好了！"

"你最好规矩点，不然我把你昨天晚上吓唬我们的事说出去！"莉娜说道。

劳拉摸了摸马驹儿的鬃毛。马驹可比她大多了，马背高高的。那只马驹很壮实。劳拉说："也不知道我骑不骑得了！我以前从来没骑过马呢！"

"我会把你托上去的。"莉娜说道。她一手抓住马驹的鬃毛，一边弯下身来，另一只手扶着劳拉，好让她踏着上马。

吉恩的马驹儿好像每分钟都在长大。它又高又壮，足以要了劳拉的命——如果它想的话——而且它那么高，如果摔下来的话，骨头都得摔断。她太害怕骑马了，不得不试着骑一骑。

她踏着莉娜的手，莉娜向上一推，她顺势爬上了马驹温暖、光滑、动来动去的宽阔马背。然后她一条腿跨在马背上，周围的一切开始快速移动。模模糊糊地，她听到莉娜对她说："抓住马儿的鬃毛！"

她抓着马驹的鬃毛，拼尽全身力气揪住了不放手。她的双肘和膝盖也牢牢扒住了马驹，但是因为她一直颠簸摇晃着，所以没法思考。离地面太高了，她简直不敢往下看。她随时都会掉下来，但是还没真的掉下来呢，身子又被颠簸到另一边了，也像是要掉下来的样子。因为太颠簸，她的牙齿咯咯作响。远远地，她听到莉娜大声喊道："抓紧！劳拉！"

之后一切都平缓下来，如平静的湖水，泛起小小的波浪。这种平缓传给了马驹，也传给了劳拉，让她们在草原上纵横驰骋。劳拉睁开紧闭的双眼，只见草地在她脚下飞快地掠过。她看到马驹黑丝的鬃毛迎风飘扬着，自己的双手紧抓着它。她和马驹跑得太快了，但是她们跑得行云流水，像音乐一样欢快，在音乐停下来之前，她是不会出什么事的。

莉娜的马驹追了上来，与她并排疾驰。劳拉想问问怎么才能安全地停下来，但是她无法开口说话。她看见了前方远处的屋舍，知道马驹已经往营地方向跑回来了。这时候马驹又开始颠簸了。过了一会儿，马驹慢慢停下了脚步，劳拉还骑在马背上呢。

"骑马很好玩的，我告诉过你的吧？"莉娜问道。

"怎么这么颠啊？"劳拉问道。

"因为马驹跑得慢了。如果你不想马驹跑得慢，而是想要它飞快地跑，只要对它吆喝就行了，像我这样！来吧，劳拉，这次我们跑远点，你想不想跑远点？"

"想！"劳拉说。

"好的，抓紧了！开始吆喝！"

那天下午真是精彩刺激。劳拉摔下来两次，还有一次马驹的脑袋把她的鼻子都撞得流血了，但是她紧紧抓住鬃毛不放手。她的辫子散开了，嗓子也因为大笑尖叫而嘶哑了。有时马驹从尖锐的、刺啦啦的草丛穿过，有时劳拉摔了下来，又跃上飞奔的马背，因此她腿上好几处都擦破了。劳拉基本上会骑马了，但是技术不是很好，这让马驹儿有点抓狂。莉娜和吉恩常常让马驹先跑起来，然后再跃上马背。他们互相比赛，看谁先跃上马背，看谁先抵达约定的终点。

他们没有听到多西亚姑姑喊她们吃饭。于是爸爸走出来喊道："回家吃饭啦！"他们进门后，妈妈震惊地看着劳拉，温和地说道："真的，多西亚，我真不知道从什么时候起，我们的劳拉看起来像个野蛮的印第安人呢！"

"她跟莉娜还真是对脾气！"多西亚姑姑说，"啊，莉娜以前就爱玩儿，不过自从我们到这里来以后，她还从来没有像今天下午这样玩得尽兴呢！这个夏天过完之前，她都不会玩得这么开心啦！"

43

8. 向西部前进

第二天一早，全家人又坐上马车出发了。因为马车的东西一样也没有卸下来，所以他们随时都可以出发。营地上的人都搬走了，只剩下多西亚姑姑的小屋，看起来孤零零的。被践踏得一片狼藉的草地上，还有已经拆掉的屋舍旧址上，有几个测量员正忙着测量土地，打木桩。他们打算在这建一个新的小镇。

"等希的工程安排妥当了，我们马上就过去！"多西亚姑姑说。

"我们银湖见！"劳拉朝莉娜喊道。爸爸吆喝着马儿，车轮慢慢转动起来，马车缓缓向前驶去。

太阳明晃晃地照在没有罩棚的马车上。但是清风吹来，凉爽怡人。到处都有男人在田地里干活，不时有一辆辆马车从他们旁边经过。

地面像波浪一般连绵起伏着，不一会儿，前面是下坡路了。爸爸说："前面就是大苏河了。"

劳拉一边向外看风景，一边把看到的讲给玛丽听："我们走的小路通向河岸，这周围一棵树都没有，只有广阔的天空和碧绿的草地，还有浅浅的小溪。从前它是一条大河，不过现在干涸了，还不如梅溪大呢！河水断断续续流得很慢，被干涸的砂石浅滩和干裂的泥沼地隔成了一个个小水塘。现在马儿要停下来喝水啦！"

"喝个饱吧！"爸爸对马儿说，"往前方圆三十里都没有水喝了啦！"

浅浅的河流旁边是一圈圈弧线状的草地，草地一圈比一圈低，让小路看起来像个短钩子。

"小路紧挨着草地，但是前面的路忽然断了，没路了。"劳拉说。

"不可能。"玛丽反对，"小路是一直通向银湖的。"

"我知道。"劳拉答道。

"哦，那我觉得你刚才不该那么说。"玛丽柔声告诉她，"我们永远都该留心自己的用词，力图准确地表达自己的意思。"

"我刚才说的就是我想说的嘛！"劳拉抗议道。但是她无法解释。仁者见仁，智者见智，每个人的看法和说法都不一样。

大苏河旁边看不到更多的田地了，也见不到屋舍和人了。确实是没有路了，地上只有马车压出来的一条模糊的痕迹，连铁路路基都没有了。劳拉瞥见了一些小小的木桩，几乎全掩蔽在草丛里了。爸爸说那是测量员下的木桩，将来修铁路用的。

劳拉对玛丽说："这个草原像个大牧场，四面绵延，一直延伸到天尽头。"

万里无云的天空下是波浪起伏的花草的海洋。劳拉升起一种奇怪的感觉，她自己也说不清是什么感觉。他们都待在马车里，马车和人，甚至连爸爸都似乎变小了。

整个早晨，爸爸都沿着模糊的马车痕迹平稳地驾驶着马车。周围的景色什么都没变。越往西走，他们就越显得渺小，又好像是在原地踏步，并没有往前走一步。风儿吹拂着草地，在草原上掀起无边的碧浪，起伏着，翻滚着，发出飒飒的声音。马蹄哒哒踏过牧地，车轮滚滚穿过芳草，发出同样的飒飒之声。木板座椅轻轻摇晃着，发出咯吱咯吱的声音。劳拉觉得他们可能会永远走下去，永远在一个一成不变的地方走下去，而这个地方甚至不知道他们曾经来过。

只有太阳在缓缓移动。不知不觉间，太阳慢慢地爬到了正当空。烈日当头的时候，他们停下来喂马，又在一块干净的地方坐下来吃野餐。

经过上午的舟车劳顿后，他们终于可以在草地上休息一下啦！这种感觉真是好极了！劳拉不由得想起了以前，那时他们千里迢迢从威斯康星州赶到印第安保留地，又折回明尼苏达州，路上有很多次，他们就是像现在这样吃露天野餐。现在他们已经到了达科他州了，正在往西去。但是这一次与以前不同，不但因为这次马车上没有罩棚，也不是因为车上没有床，还有其他原因。劳拉也说不上是什么原因，但是总感觉这个草原有点不一样。

"爸爸，"她问，"等你找到我们的新家园的时候，新家园会跟我们在印第安保留地的家一样吗？"

爸爸想了想，最终答道："不会，这是另外一个新地方。我无法告诉你准确的原因，但是这个草原是不一样的。感觉有点不一样。"

"是不一样啊，"妈妈若有所思地说，"我们现在明尼苏达州西部，印第安保留地北部，所以这里的花草自然跟别处不一样。"

但是爸爸和劳拉并不是这个意思。这里的花草还真没什么两样。

但这里确实跟别处有点不一样。这有一种广袤的沉寂，让你感觉静得过分。当你静下来的时候，你可以感觉到巨大的沉寂在向自己逼近，而你却无处可逃。

风儿吹着草地的细小声音，马儿在马车后面的饲料箱发出的咀嚼声和嘶嘶声，甚至是一家人吃饭时的谈笑声，都不能使草原上的这种广袤而巨大的沉寂减少哪怕是一星半点。

爸爸谈起他的新差事。他即将成为公司的商店管理员和工作时间记录员，工作地点在银湖营地。他将负责管理商店，还要根据每位工人的赊欠情况如实记账，还得知道每位工人在扣去伙食费和赊欠后应得多少钱。每个月出纳员把钱带来后，他还得负责给每位工人发工资。他需要做的就这么多，之后就可以每月领取五十美元的报酬啦！

"卡罗莱，最棒的是，我们是第一批来这的人！"爸爸说，"我们选一块地安置我们的新家。感谢上帝，我们的好运终于降临了！在新土地，新机遇！整个夏天每个月还有五十美元！"

"真是太棒啦，查尔斯！"妈妈开心地说。

但是他们所谈论的一切，在大草原上巨大的沉寂面前，简直是杯水车薪，毫无意义，草原的沉寂没有因此而减少分毫。

那天整整一下午，他们都在向西赶路。他们走了一英里又一英里，连一间小屋都没看见，也没看见任何有人的迹象。除了草地跟天空外，他们什么也没看见。只有通过那些被弄弯、压坏的草丛，爸爸才能找到车辙的痕迹，并沿着它前进。

劳拉看见地上有印第安人从前走过的旧路，还有野水牛走过的小路，深深地凹陷了下去，现在已经被杂草覆盖了。她还看见奇怪、巨大的洼坑，底部平坦，边缘整齐，是野水牛打滚的泥坑，现在都已是荒草丛生了。劳拉从来没见过野水牛，爸爸说她可能这辈子都见不到野水牛了。不久以前，还有成千上万头野水牛在这一带吃草。它们都是印第安人的牲畜，但是已经被白人赶尽杀绝了。

草原四面绵延着，一直与遥远的晴空相接。风一直呼呼地吹着，吹得高高的草丛像波浪一样起伏着，在阳光下变成了棕色。整个下午爸爸都驾驶着马车赶路，他时而愉快地吹着口哨，时而高兴地唱着歌。他屡次唱起的歌是这样的：

哦，来乡下吧，
你不要害怕，不要惊慌，
联邦政府富甲一方，
可以给我们每人一个农场！

就连小宝宝格蕾丝也加入了合唱，虽然她有点踩不准调子：

哦，来吧！来吧！
来吧！我说！
哦，来吧！来吧！
快点来吧！
哦，来乡下吧，
你不要害怕，不要惊慌，
联邦政府富甲一方，

可以给我们每人一个农场!

太阳渐渐西沉了。这时候马车后面出现了一个骑马的人。他跟在马车后面,速度不是很快,但是随着太阳渐渐西沉,他一英里一英里地追了上来。

"离银湖还有多远,查尔斯?"妈妈问道。

"还有大约十英里。"爸爸说。

"附近没人住吧?"

"没有。"爸爸说。

妈妈没有再说什么。其他人也没说话。他们不时回头望望后面的骑马人,每回望一次,都发现他靠得更近了。他显然是在跟着他们,并且太阳落山前不打算赶上他们。日头更低了,草原上各个低矮的小丘之间有很多洼坑,投满了小丘的阴影,变得影影绰绰的。

每次爸爸回头看的时候,他的手都会微微牵动绳缰,拍打马儿,让它们跑快一点。但是他们的马车坐满了人,不可能跑得比骑马的人还快。

那个男人现在靠得那么近,劳拉可以看见他臀部的皮革枪套里有两把手枪。他的帽子压得低低的,遮住了眼睛,脖子上松垮垮地系着一方红色的手帕。

爸爸把他的枪带到西部了,但是现在不在马车上。劳拉想知道枪在哪儿,但是她没有问爸爸。

她又向后看了一眼,发现又有一个人骑着白马赶上来了。他穿一件红色衬衫。他骑着白马,本来落得很远,看起来小小的,但是现在他的马儿开始加速，疾驰而来。他终于赶上了第一个骑马人，与他一起追上来了。

妈妈低声道："现在后面有两个人了，查尔斯！"

玛丽害怕地问："怎么了？劳拉，出什么事了？"

爸爸飞快地向后看了一眼，松了口气。"现在没事啦，"他说，"是杰里老大。"

"杰里老大是谁？"妈妈问。

"他是个混血儿，父母分别是法国人和印第安人。"爸爸小心地回答道，"他是个赌徒，也有人说他是个马贼，但是他是个好人。杰里老大不会让任何人伏击我们的。"

妈妈震惊地望着他，张大了嘴巴。闭上嘴巴后，她一言不发。

骑马人从马车两边赶了上来。爸爸抬起手来招呼道："嗨，杰里！"

"嗨，英格斯！"杰里老大答道。另一个骑马的男人神情复杂地望了他一眼，疾驰到前面去了。但是杰里老大依然与马车并排前行。

他看起来像个印第安人，个子很高，是个大块头，但是一点都不胖，瘦削的脸是棕色的。他的衬衫是火红色的。因为没戴帽子，马儿疾驰的时候，他黑直的头发在颧骨高耸的扁平脸颊旁晃来晃去。他雪白的马儿没上马鞍和缰绳，是自由的，想去哪儿就去哪儿。但是不管杰里想去哪儿，它都愿意陪着他。马儿和人行动一致，配合得天衣无缝，好得跟一个人似的。

他们只随马车跑了一会儿，然后马儿就撒开四蹄，向前疾驰而去了。他们跑得又平稳又利索，不一会儿就跑进了两个小丘间的低洼处，然后又跑了上去，一路向西，朝着燃烧的太阳跑去了。火红的衬衫和白色的马儿终于消失在太阳的金光里了。

劳拉松了口气："哦，玛丽！一匹雪白的马儿，一个棕色皮肤的高个子男人，头发那么黑，还穿着件火红的衬衫！整个草原都变成棕色的了——太阳下沉的时候，他们跑到太阳里去了。他们会在太阳里跟着太阳全世界跑！"

玛丽想了一会儿，说道："劳拉，你知道他不可能跑到太阳里去的！他跟其他人一样，只是沿着地面跑罢了！"

但是劳拉不觉得自己在说谎。她所说的也是事实。一匹自由的、漂亮的白马载着一个野蛮人跑进太阳的那一刻，会永远停留在她的记忆中。

妈妈还是担心另一个骑马人会在前面等着抢劫他们，但是爸爸安慰她说："别担心！在我们进营地之前，杰里老大已经去前面找他了。杰里跟他在一起。杰里不会让任何人骚扰我们的。"

妈妈回头望去，想看看她的女儿们是否全都安然无恙。她将格蕾丝紧紧地抱在膝盖上，什么也没说，因为说不说都一样。但是劳拉知道，妈妈从来都不想离开梅溪，也不想来这。她不想在荒郊野岭赶路，更不想碰上天快黑了还在草原上骑马的野蛮男人。

渐渐黯淡的天空传来一阵阵凄凉的鸟鸣声。越来越多的灰线将头顶上苍蓝的天空划出一道道条纹。那是一列列排成直线的野鸭和排成长楔状的野雁。领头的野鸭野雁向它们身后的鸭群雁群嘎嘎叫唤着，后面的野鸭野雁七嘴八舌地回应着。整个天空响彻着嘎嘎嘎、呱呱呱的叫声。

"它们现在飞得很低，"爸爸说，"一会儿会落在湖上栖息过夜。"

湖泊就在前面，天际的一道细细的银线就是银湖了。银湖南面的一道微光是双子湖，分别是亨利湖和汤普森湖。两湖之间是孤零零的一棵"孤树"。爸爸说那是一棵很大的杨树，是大苏河和吉姆河之间唯一的一棵树。它生长在双子湖之间的一个小山丘上，那小山丘还没有一条小路宽呢。孤树之所以长得这么高，这么枝繁叶茂，是因为树根深扎在双子湖之间，能够充分地吸收水分。

"我们要去弄点种子，种在我们的新家里。"爸爸说，"从这里看不到灵河，它在银湖北面九英里处，你瞧，卡罗莱，这真是个打猎的好地方。这儿水源充足，土地肥沃，是飞禽走兽生活的好地方。"

"是啊，查尔斯，我看得出！"妈妈说道。

太阳沉下去了，像一团跳动的流光，渐渐隐入火红的、镶着银边的云丛中去。阴冷的紫色暗影从东边升起，蹑手蹑脚地爬过草原，渐渐升高，一直上升到繁星闪烁的黑暗处。

太阳渐渐落山了，猛烈地吹了一整天的风也渐渐小了下来，在高草丛中喃喃低语着，发出沙沙的声音。土地仿佛在夏夜里轻轻地呼吸着。

星垂平野的草原上，爸爸驾驶着马车不停地赶路。马蹄轻轻地敲击着草地，发出咚咚咚的声音。在遥远的前方，几点微弱的灯光在黑暗中闪烁着。那是银湖营地的灯光。

"接下来的这八英里路不用再看车痕了，"爸爸告诉妈妈说，"只要朝着灯光走就可以了。我们和营地间除了平坦的草原和新鲜的空气，什么障碍也没有啦！"

劳拉觉得又累又冷。灯光在遥远的前方闪烁着，或许到头来只是星星也说不定。整个夜晚，到处看得见星光闪烁。天空中群星密布，有的在头顶高悬，有的于四野低垂，在黑暗中发出熠熠光辉。车轮碾过高草丛，发出沙沙的声音。草儿不停地沙沙作响，车轮不断地滚滚向前。

突然间，劳拉猛然睁开双眼。一间屋子的门打开着，灯光从门里倾泻而出。在耀眼的灯光里，亨利叔叔笑呵呵地走了出来。那么这必定是劳拉小时候亨利叔叔在大木林的屋子了。因为亨利叔叔现在就在这。

"亨利！"妈妈惊呼一声。

"就想给你一个惊喜，卡罗莱！"爸爸叫道，"所以事先没告诉你亨利在这！"

"说真的！这简直让我目瞪口呆！我实在太吃惊了！"妈妈惊喜地说。

之后又出来一个大个子男人，对着他们哈哈大笑。那是查理表哥。这个大男孩从前在燕麦地里调皮捣蛋，可没少给亨利叔叔和爸爸惹麻烦，还被成千上万的大黄蜂给蜇过！"嗨！小不点！嗨，玛丽！啊，小屁孩凯莉，现在成大姑娘啦，不再是小屁孩了，嗯？"查理表哥把她们从马车上扶下来，亨利叔叔把格蕾丝抱过来，爸爸扶妈妈下了车。这时候路易莎表姐也出来了，一面寒暄着，一面把大家引进屋里。

路易莎表姐和查理表哥现在都长大了，一起打理着一屋子人的伙食，负责给铁路上的工人做饭。工人们老早就吃过饭了，已经在宿舍睡下了。路易莎表姐一边说着，一边将放在烤炉上热着的饭菜端了上来。

晚饭过后，亨利叔叔点了一盏灯笼，把劳拉她们带到工人们为爸爸新建的小屋前。

"木材都是全新的，卡罗莱，又新鲜又洁净。"亨利叔叔说着，举高了灯笼，好让他们看到木板墙和靠墙的架式床铺。一边的床铺是爸爸妈妈的，另一边的两个床铺是上下层的架子床，是玛丽、劳拉、凯莉和格蕾丝的。床铺都已经铺好了——是路易莎表姐铺的。

不一会儿，劳拉和玛丽便亲热地偎依在床上了。新做的、铺着干净床单的干草床垫窸窣作响。她们把被子拉到了鼻子下面，爸爸吹熄了灯笼。

9. 美丽的银湖

第二天太阳还没升起，劳拉提着桶到银湖旁边的浅井打水了。银湖东岸霞光满天，火红中透着金黄，给灰白的天空镶上了一道道光边。霞光铺满了整个南岸，照亮了东边和北边从水中隆起的高坡。

西北边的天才刚蒙蒙亮，野草环绕之下的银湖已是一片银光。

鸭子在茂密的草丛中呱呱叫着，成群结队地向西南方游去，那里是大沼泽的源头。尖叫着的海鸥迎着拂晓的风，在湖面上飞快地掠过。一只野雁从湖面飞起，嘎嘎叫着，发出响亮的叫声。它身后的雁群也此起彼伏地叫唤着，从湖面上飞了起来，紧紧地跟在它身后。一群群野雁排成一个三角形，扑棱着强壮有力的翅膀，呼啦啦地飞进了日出的霞光里。

东面天空的一道道金光越升越高，投到了水面，又被反射了回去，辉映出绚烂的光芒。

太阳像一个金色的火球，在东边的天际燃烧着，翻滚着。

劳拉长长地吸了口气，然后快速提上来一桶水。她提着水桶，急匆匆地向小屋走去。这间新屋孤零零地立在湖畔，在一排铁路工人住的小屋的南边。小屋在阳光下发出淡淡的金光，屋顶朝一个方向倾斜着，看起来像是只有半边屋顶。

"我们都等着用水呢，劳拉。"劳拉一进门，妈妈就说道。

"哦，可是妈妈，日出！你该去看看日出！"劳拉大声叫道，"根本移不开我的眼睛！"

她开始飞快地帮妈妈准备早餐，一边告诉大家银湖上日出的情形：太阳从银湖畔升起，天空铺满了霞光；一群群野雁朝着霞光飞去；成千上万只野鸭几乎把湖面全都覆盖了；尖叫着的海鸥迎着风从湖面掠过。

"我听到它们的叫声了，"玛丽说道，"劳拉，这些野鸟可真吵，像疯人院的疯子似的。劳拉，你的描述真是栩栩如生，我好像亲眼看见它们一样。"

妈妈也对着劳拉笑了，但是她只是说："嗯，知道了，女儿，但是我们今天一天都会很忙活的。"然后她开始给女孩儿们分配一天的工作。

所有的行李都要打开，屋子也要赶在中午之前收拾整齐。路易莎表姐的床铺必须晒干还回去，还要把妈妈的褥套塞上新鲜干净的干草。妈妈从公司的小商店里带回几尺图案亮丽的印花棉布做窗帘。她做了一个窗帘，大家把它挂在屋里，挡住后面的工人宿舍。妈妈又做了一个窗帘，把它挂在两边的床铺之间，这样就有了两个卧室，一个是爸爸妈妈的，另外一个是女孩儿们的。屋子太小了，窗帘都碰到床铺了。当床上铺上妈妈的羽绒床垫、褥子和拼布被罩时，一切看起来都那么清新明亮，那么舒适温馨。

窗帘前面就是起居室了。它非常小，门边放了一个做饭用的烤炉。妈妈和劳拉把折叠桌靠墙放着，正对着门口。她们把玛丽和妈妈的摇椅放在房间的另一侧。地上什么也没铺，还残留着一堆堆顽固的草根，但是马上被她们清除掉了。门开着，风轻轻地吹了进来，这间铁路旁边的小屋看起来真让人身心愉悦，就像家一样温馨。

"这是另外一种小屋，只有半边屋顶，没有窗户。"妈妈说，"但是屋顶很结实，我们不需要窗户，门口进来的空气和光线足够了。"

爸爸回来吃饭的时候，看到屋里一切都井井有条，十分高兴。他拧了拧凯莉的耳朵，双手将格蕾丝提了起来。他没法把格蕾丝往空中扔，因为屋顶太矮了。

"但是牧羊女小瓷像哪去儿啦，卡罗莱？"他问。

"我没把牧羊女小瓷像拿出来，查尔斯。"妈妈说，"我们又不在这长住，等你找到家宅地我们马上搬走。"

爸爸笑了起来。"我有大量的时间马上找个合适的地方！你瞧这大草原，除了铁路工人外，没有别人，而且他们冬天来之前就会搬走。这里的土地随我们挑！"

劳拉说："晚饭后，我跟玛丽想出去散散步，看看营地，瞧瞧银湖，还要去看看其他风景。"说完她提起水桶，光着脑袋跑出去，到井边打水做饭。

风猛烈地吹着，辽阔的天空连一丝云彩也没有，除了掠过草丛的光影，广袤无边的土地上空无一物。这时随风飘来很多男人的声音，他们正在大声唱歌。

他们排着长长的蛇一样的队伍，蜿蜒着穿过草原，正在往营地上走。马儿身上套着马具，迈着沉重的步子，并排缓缓走着。男人们光着脑袋，赤着膀子，缓步行进。他们皮肤呈棕色，有的穿着蓝白相间的条纹衬衫，有的穿着灰色衬衫，也有的穿着平淡无奇的蓝色衬衫。他们所有人都在唱同一首歌。

他们就像一小列军队，在万里无云的天空下，行走在辽阔的大地上，歌声就是他们的旗帜。

劳拉站在大风中呆呆地看着，听着，直到最后一列纵队也加入营地上各个小矮屋周围聚集着的人群中去。他们的歌声渐渐模糊下去，继而开始高声谈笑着，发出一阵阵爽朗的笑声。劳拉这时才记起手上的水桶。她以最快的速度从井里灌满了水，开始往回跑，匆忙间把水溅到光着的腿上了。

"我刚才——看到——施工队的工人和马车回营地了！"她气喘吁吁地说道，"人可真多，爸爸！而且所有人都唱着歌呢！"

"好啦，小家伙，你先喘口气再说！"爸爸取笑她说，"五十辆马车和七十五或八十个工人的营地算小的。你应该往西走去看看斯特宾斯一家的营地，他们足足有两百个工人和相应的马队！"

"查尔斯！"妈妈轻轻叫了一声。

通常情况下，每个人都知道妈妈柔声叫"查尔斯"是什么意思。但是这一次，劳拉和凯莉还有爸爸全都不解地望着她。妈妈对爸爸轻轻摇了摇头。

然后爸爸直直地看着劳拉说道："你们女孩子们都离营地远点。你们出去散步的时候，离他们干活的地方远点，而且要保证在工人们晚上收工前回家。在这段路基上干活的，什么粗人都有，他们语言都很粗俗，你们最好少见他们，少听他们说话，越少越好。现在，记着，劳拉。还有你，凯莉。"爸爸的脸色十分严肃。

"是，爸爸。"劳拉保证道。凯莉的声音简直低得听不见："是，爸爸。"凯莉的眼睛睁得大大的，十分害怕的样子。她可不想听粗话，不管粗话是什么样子的。劳拉倒是想听听粗话，一次就好，但是当然，她必须听爸爸的话。

所以那天下午她们出去散步的时候，离营地上的那些小屋远远的。她们沿着湖畔慢慢地向大沼泽走去。

银湖在她们的左侧，波光粼粼的，在阳光的照耀下闪闪发光。风儿搅动蓝色的湖水时，小小的银色波浪起起落落，不停地拍打着湖岸。湖岸很低，但是十分坚固干燥，靠水的边上长满了小草。劳拉尽量地踮起脚来，越过波光粼粼的湖面，她可以看见东岸和南岸。湖面东北方向连着块小小的沼泽地，狭长的大沼泽向西南方向蜿蜒而去，潮湿的沼泽地里长满了高高的野草。

银蓝色的湖水泛起阵阵涟漪，劳拉、玛丽和凯莉沿着绿色的湖岸慢慢走着。脚下的绿草温暖而柔软。风儿吹得她们的衬衫紧紧地贴在她们的光腿上，不停地拍打着。劳拉的头发也被风吹得乱糟糟的。玛丽和凯莉把太阳帽紧紧地系在下巴下面，但是劳拉却把太阳帽的带子绕在手上挥舞着。数以百万计的草叶在风中摇摆着，发出沙沙的声音，仿佛在喃喃低语。成千上万只野鸭、野雁、苍鹭和野鹤还有鹈鹕在风中高声尖叫着，发出刺耳的声音。

所有鸟儿都在大沼泽的草丛里觅食。它们扑棱着翅膀飞起，然后又落了下来，在草丛里叫唤着，高声交谈着，吵吵嚷嚷地交流着搜集到的各种信息，一边吃着柔软鲜嫩的水生植物，品尝着鲜美可口的小鱼儿。

越往大沼泽走，湖岸就越低，直到没入了沼泽地不见了。银湖的水流入了沼泽地，形成了无数个小水塘。水塘四周长满了粗粝茂盛的野草，足有五六英尺高。小水塘在草丛间闪着微光，波光粼粼的，上面密密地落满了各种野生的鸟儿。

劳拉和凯莉推开草丛走进泥沼地，瞬间搅得野鸟儿乱作一团，它们扑棱着粗粝的翅膀，纷纷向天空飞蹿，惊恐的小眼睛瞪得圆溜溜的。"嘎！嘎！嘎！""哇！哇！哇！""啾！啾！啾！"空气中充斥着野鸟的怪叫声。那些野鸭野雁把蹼脚伸直了贴在尾巴下，振翅而飞，从高草丛上方掠过，划出一道优美的弧线，落到旁边的池塘去了。

劳拉和凯莉一动不动地站着。沼泽地的野草茎干十分粗粝，长得很高，没过了她们的头顶，在风中哗哗作响。她们赤着的双脚渐渐陷入淤泥中。

"噢，这淤泥可真软！"玛丽说着，转过身来，飞快地往回走。她可不喜欢双脚沾满泥浆。

"快回去，凯莉！"劳拉喊道，"不然你会陷进淤泥里去的！草丛下面就是湖泊！"

劳拉站在那里，脚踝被柔软冰凉的泥巴包裹着，她出神地望着前面草丛里无数个波光粼粼的小水塘。此时此刻，她多么渴望一直往前走，走进野鸟聚集的沼泽地中！可是她不能丢下玛丽和凯莉不管。于是她转过身来，跟她们一起往地面坚硬的草原上走去。草原上的野草齐腰深，在风中摇摆起伏着，仿佛在点头，又像是在弯腰，低矮蜷曲的野草一簇簇地生长着。

她们沿着沼泽地的边缘往回走，一路上摘了些火红的虎斑百合花，又在地势更高的草原上采了一些长长的紫色野水牛豆荚。蚱蜢在草丛闪电般地跳跃起落，像飞溅到草叶上的水珠。各种各样的小鸟在风中扑棱着翅膀四处飞蹿着，然后落在被风吹弯了腰的高草杆上，在风中喊喊喳喳地叫唤着。许多草原松鸡没头没脑地四下乱窜。

"啊，多么原始而美丽的大草原！"玛丽幸福地感叹道，"劳拉，你太阳帽戴上了吗？"

玛丽这一问，劳拉突然有点儿不好意思，她立即把吊在脖子后面的太阳帽戴好，然后说："戴着呢，玛丽。"

玛丽笑了起来："你刚刚才戴上，我听到了呢。"

她们起身回家时已经是傍晚了。她们那间屋顶朝一边斜的小屋正孤零零地立在银湖岸上，看起来好小好小。妈妈站在门口，身影略显单薄，她用手遮着眼睛上方，正朝她们眺望。她们向妈妈挥了挥手。

她们可以看见小屋北边沿湖畔分布的整片营地了。最先映入眼帘的是爸爸工作的商店，商店后面是一个很大的饲料店。再往后是马厩。马厩建在草原上的一处山坡上，棚顶上铺着沼泽地里长的茅草。不远处是一排狭长低矮的工人宿舍，是工人们睡觉的地方。再远一点儿就是路易莎表姐那间长长的伙食房。烟囱里袅袅炊烟，路易莎表姐正在给工人们做饭。

接着，劳拉第一次看见了一幢房子。那是一幢真正的房子，孤零零地立在银湖北岸。

"我真想知道那房子什么样儿，给什么人住的。"她说，"不像是家宅地啊，因为既没有马厩，也没有开垦过的田地。"

她把自己看到的原原本本地告诉了玛丽。玛丽说："这真是个好地方！有新建的干净小屋，有芳草，还有湖水！至于那幢房子，我们在这猜也没用，不如回家问问爸爸。哇，又飞来一群野鸭！"

一群群野鸭和一排排野雁从空中飞来，落在湖面上，准备在那过夜。工人们收工了，一路喧闹着向营地走去。妈妈又站在门口等她们了。劳拉她们吹着凉爽的风，呼吸着新鲜空气，行走在和煦的阳光里。到了家门口，她们把大捧大捧的虎斑百合花和紫色长豆荚交给妈妈。

凯莉将一大束花放进装满水的水罐里，劳拉忙着摆好餐桌准备吃晚饭。玛丽坐在摇椅里，将格蕾丝抱在膝盖上，向她讲大沼泽里的野鸭子是怎样嘎嘎嘎乱叫的，还告诉她一大群野雁落到湖面上过夜的事。

10. 有人怀疑营地上有盗马贼

有一天晚上，吃晚饭的时候，爸爸显得心事重重，几乎没说一句话。只有别人问他问题的时候，他才搭腔。最后妈妈忍不住问："你没事吧，查尔斯？"

"我没事，卡罗莱。"爸爸答道。

"那你到底怎么啦？"妈妈不放心地追问道。

"没什么。"爸爸说，"你不必担心。嗯，事实上，工人们接到通知，说是今天晚上要特别小心盗马贼。"

"那是希的事嘛！"妈妈说，"我希望你别管闲事，让他去处理好啦！"

"别担心，卡罗莱！"爸爸说。

劳拉和凯莉你望望我，我望望你，又望望妈妈。过了一会儿，妈妈柔声说道："不管是什么事，我希望你说出来给大家听听，查尔斯。"

"杰里老大来过营地，"爸爸说道，"他在这待了一个星期，现在已经走了。工人们说杰里现在跟一帮马贼在一起。他们说每回杰里来营地转一圈离开后，营地最好的马儿就会被盗走。他们觉得杰里老大每次来营地都要待上一段时间，挑出最好的马儿，摸清马厩的位置，然后带着他的同伙一起过来，趁天黑把马儿偷走。"

"我早听说了，决不能相信有印第安血统的杂种！"妈妈恨恨地说道。她不喜欢印第安人，就连有一半印第安血统的人也不喜欢。

"行啦！要不是一个纯正血统的印第安人，我们在格里斯河就被人把头皮剥下来啦！"爸爸说道。

"要不是因为那帮乱吼乱叫的野蛮人，我们怎么会有被人剥头皮的危险！"妈妈说，"这帮野蛮人，竟然把新剥下来的臭鼬皮挂在腰间！"一想起臭鼬皮那令人作呕的气味，她就忍不住恶心。

"我不觉得马是杰里偷的。"爸爸说。但是劳拉却觉得他之所以这么说，不过是因为他希望马不是杰里偷的罢了。"真正的麻烦是，杰里每回都在薪水日来营地，跟工人们打扑克，把他们的钱都赢光了。正因如此，他们中的有些人才特别喜欢中伤杰里！"

"我真不明白希为什么纵容工人赌博！"妈妈说，"如果还有什么事跟酗酒一样恶劣的话，那就是赌博！"

"如果工人们自己不想赌博的话，谁也不能逼他们赌啊，卡罗莱！"爸爸说，"就算是杰里赢了他们的钱，那也是他们自己的不是。我从来没见过比杰里还好心的人呢！他对人可是毫无保留，就是身上最后一件衣服，他也可以脱下来给别人穿！单看他是怎么照顾老约翰的，就知道他的为人了！"

"那倒也是。"妈妈不得不承认。老约翰是个挑水工，他身材矮小，整个人都干巴巴的，是个弯腰驼背的老爱尔兰人。他在铁路干了一辈子，现在已经老得没法干活了。于是公司给他派了个为工人们挑水的活。

每天早晚，干瘪瘦小的老约翰都会来到井边，给他的两个大木桶灌满水。然后他把木扁担横在肩膀上，弯下腰来，用两个钩子将水桶钩住扁担两头垂着的铁链，嘴里咕咕噜噜地呻吟着，颤颤巍巍地直起身来。铁链将沉重的水桶从地面提起来。老约翰双肩承受着水桶的重量，用手稳住水桶，迈着小碎步，晃晃悠悠，一颠一颠地走着。

每个水桶里都放着一把锡做的长柄勺。到了工人们干活的路段，老约翰沿着工人们的工作路线，挨个地跑到每个人身边。这样有谁口渴的，就可以直接从桶里舀水喝，不必停下手中的活啦！

约翰太老了，而且又瘦又小，还弯腰驼背的，整个人都萎缩了。他的脸上布满了皱纹，但是蓝色的眼睛却闪烁着快乐的光芒。他总是尽量跑快些，这样那些口渴的工人不用等太久就能喝到水了。

有一天早饭前，杰里老大找上门来，告诉妈妈老约翰病了整整一夜了。

"他那么瘦，那么老，太太。"杰里老大说，"伙食房的饭菜不适合给他吃。你能不能给他一杯热茶，再给一点早餐？"

妈妈往一个盘子里放了几块热乎乎的酥松饼，又放了一块土豆泥蛋糕和一片煎得酥脆的鲜猪肉。然后她又灌了一锡壶热茶，把它们一起交给了杰里老大。

早饭过后，爸爸去工人宿舍看望老约翰。晚些时候，他告诉妈妈，杰里老大整整一夜都在照顾那个可怜的老人。约翰说，为了让他暖和些，杰里甚至把自己的毛毯给他盖了，但自己身上什么也没盖，挨了一晚上冻。

"就是照顾自己的亲爹，也不过如此吧！"爸爸说，"还有那件事，卡罗莱，不知道为什么，我觉得我们多亏了杰里。"

他们都还记得那天傍晚太阳快落山的时候，有个陌生男人一直跟在他们后面，后来幸亏杰里老大骑着一匹白马及时出现，他们才平安无事。

"噢，"爸爸慢慢站起身来，"为防万一，我得去卖点枪火给那些工人，但愿今天晚上杰里老大不要回营地来。只要他骑马回来看望老约翰的病情，他就会到马厩把马儿拴在那儿。到时工人们肯定会对他开枪的！"

"哦，不，查尔斯！他们肯定不会那么做的！"妈妈惊叫道。

爸爸戴上帽子，说道："那个极力主张向杰里老大开枪的人，以前就杀过人。他以正当防卫的理由逃脱了应有的惩罚，不过还是在州监狱里服刑了一段时间。上回发工资的时候，杰里老大把他的钱赢了个精光。他不敢跟杰里老大当面起冲突，但是一有机会肯定会在杰里老大背后放冷箭的！"

爸爸去了商店，妈妈神情很严肃，开始收拾桌子。劳拉一边洗盘子，一边在脑海里浮现出杰里老大和他的白马。有很多次，她都看见杰里老大骑着白马在褐色的草原上自由驰骋。杰里老大总是穿一件明艳艳的红衬衫，也不戴帽子，他的马儿也从来不用马具。

爸爸从商店回到家的时候，天已经黑了。他说有六个工人荷枪实弹埋伏在马厩周围，就等杰里老大来了。

是该上床睡觉的时间了。整个营地都没有一丝灯火。低矮的小屋伏在土坡上，黑暗中几乎看不见了。只有清楚小屋的具体方位，才能在黑暗中勉强看得见它们模模糊糊的身影。银湖湖面上微微闪烁着几点星光，四周绵延着灰暗的草原，那草原平坦而辽阔，静静地横卧在天鹅绒般的星空下。寒冷的夜晚，风呼呼地吹着，吹得草丛沙沙作响，像是连草儿也害怕地颤抖起来。劳拉静静地看着，凝神细听，吓得整个人都颤抖起来，忙哆哆嗦嗦地跑回小屋来。

帘子后面，格蕾丝已经睡着了，妈妈正在服侍玛丽和凯莉上床睡觉。爸爸将帽子挂在墙上，他人坐在长凳上，靴子还没脱。劳拉回来的时候，他抬头望了她一眼，然后站了起来，穿上外套。他扣上所有扣子，又把衣领竖了起来，这样他的灰衬衫就不会露出来了。劳拉一言不发。爸爸戴上了帽子。

"不用等我，卡罗莱。"他愉快地说道。

妈妈从帘子后面走了出来，爸爸已经走了。她走到门口，向外张望着，爸爸已经消失在夜色中了。一分钟后，妈妈转身进屋了，对劳拉说道："劳拉，上床睡觉吧！"

"求求你，妈妈，我也想等会儿再睡！"劳拉哀求道。

"我猜我今晚都不用上床睡觉了。"妈妈说，"反正这会儿是睡不着啦！我一点儿也不困。没有睡意的时候，你就是上床也睡不着。"

"我也不困，妈妈。"劳拉说。

妈妈把油灯的火焰调小后吹灭了，坐在爸爸在印第安保留地给她做的山核桃木摇椅里。劳拉赤着脚轻轻地走到妈妈身边，挨着她坐了下来。

她们坐在黑暗中，凝神听着外面的动静。劳拉听到自己耳朵里有细细的、模糊的嗡嗡声，像是她自己的呼吸声。她可以听见妈妈的呼吸声。帘子后面，格蕾丝熟睡中的呼吸均匀而缓慢，玛丽和凯莉躺在床上，还没睡，她们的呼吸略微急促些。一阵风从门口吹来，帘子轻轻飘动，发出飒飒的声响。从门口望出去，看得见长长的椭圆的天空，星星落在远处的山坡上了。

风儿叹息着，草丛沙沙作响，细细的浪花哗啦哗啦响，不停地拍打着湖岸。

突然一声尖叫划破夜空，劳拉心中一悸，不由得浑身颤抖了一下，几乎尖叫出声。原来是一只野雁在哀鸣，它掉队了。沼泽地里的其他野雁开始大声鸣叫着回应它。本已睡着的野鸭群被吵醒了，也"嘎嘎嘎"大声叫着，乱成了一团。

"妈妈，让我出去找爸爸吧！"劳拉压低了声音说。

"安静，"妈妈答道，"你找不到他的。他也不想你去找他。你乖乖待在家，爸爸会照顾好自己的。"

"我想做点什么，我宁愿做点什么。"劳拉说。

"我也是。"妈妈说。黑暗中，她开始轻轻地抚摸劳拉的脑袋。"瞧这风吹日晒的，你头发都干了。"妈妈说，"你得多梳头。每晚睡觉前，你得梳一百下。"

"知道了，妈妈。"劳拉低声说道。

"刚嫁给你爸爸的时候，我有一头可爱迷人的长发。"妈妈说，"我辫子长得可以坐在上面呢。"

她没有再说下去，只是继续帮劳拉梳理她毛躁的长发，一边留神听外面有没有枪声。

黑漆漆的门外有一颗明亮的大星星在闪烁。随着时间的推移，那颗明亮的星星也在夜空移动。慢慢地，它从东边移到了西边。渐渐地开始有一些小星星围着它转动。

突然间，劳拉和妈妈听到了一阵脚步声。一瞬间，星星全都不见了，因为爸爸已经走到了门口，把它们挡住了。劳拉兴奋地跳了起来，妈妈却无力地瘫在摇椅里。

"你们在等我吗，卡罗莱？"爸爸问道，"噢，你没必要吓成这样！今天晚上一切正常，什么事都没有！"

"你怎么知道的，爸爸？"劳拉问道，"你怎么知道杰里老大……"

"别担心，小家伙！"爸爸愉快地打断了她的话，"杰里老大没事。他今天夜里不会来营地的。不过要是他明天骑白马来营地的话，也在我的意料之中！现在都睡觉去吧！我们可以一觉睡到太阳晒屁股，哈哈！"爸爸放声大笑，声如洪钟，"明天白天工地上恐怕要睡倒一片了，哈哈！"

劳拉躲在帘子后面脱衣服的时候，爸爸在帘子的另一边脱靴子。她听到爸爸低声对妈妈说："卡罗莱，最让人高兴的是，银湖营地上再也不会被偷走一匹马了！"

第二天一早，劳拉果然看见杰里老大骑着白马从她们家的小屋门前经过。他来到商店，招手跟爸爸打招呼，爸爸也向他挥手示意。然后杰里老大和他的白马就朝着工人们干活的地方疾驰而去了。

银湖营地再也没有马儿被盗。

11. 美妙的午后

每天一大早，劳拉洗盘子的时候，都可以从敞开的门口看到工人们离开伙食房，走到茅草修缮的马厩，去找自己的马儿。接下来马厩里传来马具的碰撞声，空气里混杂着工人们的嚷嚷声和叫喊声，热闹极了。不久工人们全都上工去了，四周里变得静悄悄的。

日子就这么一天天过去了。每天都差不多。周一劳拉帮妈妈洗衣服，再把洗净后晒干吹干的衣服收进屋。周二她对着衣服喷水，再帮妈妈把衣服熨干。周三她做些缝缝补补的活，即使她不喜欢。虽然眼睛看不见，玛丽还是学会了缝补衣服。她十指灵巧，可以缝出漂亮的褶边。如果帮她把颜色搭配好的话，她自己还能缝被套呢！

中午时分，营地又热闹起来。所有马儿和工人们都回来吃午饭了。爸爸也从商店回家了。他们一家人在小屋里吃午饭。门外是风景宜人的广阔草原，草原上凉风习习，吹到屋里来，十分惬意。草原的颜色深浅不一，从深褐色渐渐到黄褐色，又渐变成褐色，绵延起伏着，一直与远处的天际相接。到了晚上，风越吹越冷，越来越多的野鸟开始南飞。爸爸说要不了多久，冬天就会来了。但是劳拉从来没有想过在

草原上过冬的情形。

她想知道工人们都是在哪干活的,还想知道他们是怎么修铁路的。每天早上他们出门去,到了中午和晚上就回来。但是她所看到的就只是草原西边扬起的脏兮兮的灰尘。她想亲眼看看工人们是怎么修路的。

有一天,多西亚姑姑一家也搬到营地上来了。她还带来了两头奶牛。她说:"我把会走的牛奶带来啦,查尔斯!只有这样我们才有牛奶喝,因为附近连一个农民也没有!"

其中一头奶牛是给爸爸的。这是一头可爱的、毛色红亮的奶牛,名字叫艾伦。爸爸把它从多西亚姑姑的马车上解下来,把缰绳递到了劳拉手上。"牵着它,劳拉。"他说,"你长大了,足以照顾它啦!把它牵到草儿鲜美的地方好好吃上一顿。记得一定要把拴牛的木桩夯紧点。"

劳拉和莉娜将两头奶牛拴在相距不远、水草肥美的草地上吃草。她们每天早上一起去放牛,到了傍晚再一起把牛牵回来。她们把两头奶牛牵到湖边去饮水,然后把木栓移到新鲜的草地上钉上。之后她们俩一边挤牛奶一边放声歌唱。

莉娜会唱很多新歌,劳拉也马上跟着学会了。她们一边把牛奶挤到明净的锡桶里,一边齐声唱道:

在大海的波浪中生活呀,
把家安在暗流涌动的深海下。
一群小蝌蚪呀,摇摇小尾巴,
眼泪顺着它们的脸颊滚落啦!

有时莉娜轻柔地唱着，劳拉也轻柔地和着：

> 我不要嫁给农民（莉娜唱）
> 他一辈子在泥土里刨食！
> 我要嫁给一个铁路工人，
> 他的衬衫上织着条纹！

但是劳拉最喜欢的是华尔兹舞曲。她挚爱《扫帚之歌》，虽然要不停地唱"扫帚扫帚扫帚"才能把舞曲唱出摇摆错落的感觉，她依然乐此不疲。

> 买把扫——帚，买把扫帚，扫帚！
> 买把扫帚，扫帚，买把扫帚，扫帚！
> 给四处流浪的巴伐利亚人买把扫帚！
> 扫去他们身上的虱子臭虫！
> 省得你看了心烦头疼！
> 你会发现扫帚十分管用，
> 不管白天还是黑夜！

两头奶牛静静地站在草地上，任由劳拉和莉娜挤完奶，嘴里慢慢地反刍着，好像在听她们唱歌。

挤完了牛奶后，劳拉和莉娜提着两桶温热香甜的牛奶朝她们的小屋走去。每天早上，工人们从宿舍里出来，在门口长凳上的水盆里洗脸、刷牙，然后梳理好他们的头发。太阳从银湖湖面上冉冉升起来了。

傍晚时分，天空布满了晚霞，有红的，有紫的，还有金黄的。太阳落山了。大队人马回来了，他们黑压压的一片，沿着尘土飞扬的小路大步走着——日复一日，他们在草原上踩出了一条小路来——一边走还一边放声高歌。莉娜急匆匆地跑进多西亚姑姑的小屋，劳拉也赶紧跑回家去。因为她们必须赶在奶油浮起来之前过滤牛奶，而且还得帮忙准备晚饭。

莉娜要干的活实在太多了，她得帮多西亚姑姑和路易莎表姐做家务，连玩儿的时间也没有了。而劳拉，虽然她的工作没有那么繁重，但也忙得够呛。所以除了一起挤牛奶的时间，她们几乎不怎么见面。

"如果不是爸爸把我们的黑色小马驹儿拉到工地上干活，你猜我会干什么？"一天傍晚，莉娜说道。

"不知道。你想干吗？"劳拉问道。

"嗯，如果走得开又有马驹儿骑的话，我们可以去看看工人是怎么干活的。"莉娜说，"难道你不想吗？"

"想啊！"劳拉说。她不必纠结是否要听爸爸的话，因为反正她们也没法去。

突然有一天，爸爸放下他的茶杯，擦了擦胡子，说道："宝贝，你问的问题实在是太多啦！快戴上太阳帽，大约两点钟的时候到商店来。我要带你四处转转，开开眼界。"

"哦，爸爸！"劳拉叫了起来。

"好啦，劳拉，也别太激动啦！"妈妈轻声说道。

劳拉也知道自己不该大喊大叫。她放低了声音："爸爸，莉娜可以跟我们一起去吗？"

"这个等会儿再说。"妈妈说。

爸爸回到商店后，妈妈跟劳拉进行了严肃的谈话。她说她希望自己的女儿注意自己的言谈举止，讲话要优雅，声音要小点，同时要礼貌温和，永远都要有个淑女的样子。除了梅溪的那段日子，她们一直住在穷乡僻壤，现在又住在艰苦粗野的铁路营地，而这里离文明进化还有些时候呢！因此，妈妈希望她们最好安分守己，谨言慎行。她希望劳拉离营地远点，不要跟营地上的任何粗人打交道。这次劳拉想悄悄跟着爸爸去营地看工人干活也没什么错，但是她必须举止得体，有个淑女的样子，而且要切记，一个淑女千万不能太招摇。

"知道了，妈妈。"劳拉说。

"还有，劳拉，我真的不想让你带上莉娜。"妈妈说，"莉娜是个十分能干的好女孩儿，但是她有点太闹腾了。多西亚没能好好管教她。如果你一定要去那些粗人干活的地方，那就跟着爸爸悄悄去，悄悄来，不要张扬，也别说出去。"

"知道了，妈妈。"劳拉说，"但是……"

"但是什么？"妈妈问道。

"没什么。"劳拉说。

"我不知道你为什么一定要往那跑。"玛丽不解地说道，"待在屋里，或是沿湖边散散步，都比那好多了。"

"我就是想去看看，我想看看他们是怎么修路的。"劳拉说。

出发前，她系上太阳帽的带子。她下决心要把帽子系好，不让它掉下来。商店里只有爸爸一个人。他戴上他的宽边帽子，锁上了门。

然后他们一起出去了，在草原上走着。每天的这个时候都没有影子，所以草原看起来很平坦，但事实并非如此。不一会儿，草原上的山丘就把小屋遮住了。除了满是尘土的道路和路边的铁路路段，草原上什么也看不见了。前面的空中升腾起滚滚沙尘，被风吹得四下飘散了。

爸爸摁住了他的帽子，劳拉低着头，太阳帽被风吹得啪啪作响。他们顶着大风艰难跋涉着。过了一会儿，爸爸停下脚步，说："我们到啦，小家伙！"

他们站在一个小小的土坡上，眼前是截然中断的铁路路基。路基前面，一帮工人正赶着马儿扶着犁，一路向西犁着地，草原上带着泥土的草皮被一条条地翻转了过来。

"原来他们就是用犁来修铁路的啊？"劳拉问道。工人们在这乡下犁这些以前从来没有犁过的地，目的是为了修铁路！对她来说这简直太新鲜，也太陌生了！

"还有铲土机。"爸爸说，"快看，劳拉！"

在犁过的地和铁路路基之间，马儿和工人们正在绕着圈慢慢走着，他们绕过路基末端，又走回来，穿过刚被犁过的地。马儿拉着又宽又深的铁铲，那就是铲土机了。

铲土机没有装长长的铲柄，而是装了两个短柄。铲土机上还装了半环钢圈，从铲土机的一边弯到另一边来。马儿就架在这个半环钢圈上。

一个工人和他的马儿去犁地，另一名工人抓住铲土机的两个短柄，把它举起来。铲土机圆形的铲头铲进犁过的松土中。马儿拉着铲土机向前跑，松过的土就灌到铲土机里了。工人放开了短柄，把整个铲土机平放在地上。马儿拉着铲土机，绕过圆圈，把泥土拉到路基边缘的上方去了。

在路基突然中断的地方，赶马的工人抓住铲土机的短柄，把套在马儿身上的铲土机翻了个身，将里面的泥土倒了出来。然后马儿拉着空的铲土机走下路基，又沿着那个圆圈路线回到犁过的土地那边。

犁过的土地上，还有另外一个工人抓住两只短柄，举得高高的，把圆圆的铲头铲进松松的泥土中，泥土把铲土机再次装满。马儿来来回回地忙碌着，路基边堆得越来越高，形成了一个陡峭的斜坡。铲土机还在不停地铲土倒土。

一队又一队的马儿沿着圆圈路线来来回回地忙碌着，一铲土机又一铲土机的泥土被铲出来，又在路基处被倒出来。马儿不停地来回，铲土机不停地铲土倒土。

犁过的地方，所有的松土都被铲走了，弯弯的道路变得宽阔了。工人们把铲土机拉到刚犁过的地方，负责犁地的人马又过来把已经铲净松土的地方犁了一遍。

"一切就像上了发条的钟一样井然有序，"爸爸说，"没人站在那不动弹，也没有人手忙脚乱。"

"一个铲土机装满土的时候，另一个铲土机就已经在那等着了。控制铲土机短柄的工人在那等着，抓住短柄，把铲土机装满土。铲土机永远都不必等着工人们把地犁好，因为他们早就犁好了好长一段路，把铲土机远远落在后面了。铲土机把土铲走之后，他们再折回来，把已经铲过土的地再犁一遍。工人们活干得真不赖！弗雷德是个好工头！"

马儿和铲土机沿着圆圈路线来来回回跑，犁地的工人们在圆圈路线内侧绕着圈犁地，又绕到圆圈路线的外面继续工作。弗雷德站在土堆上，监察着眼前的一切。他看着铲土机倒土，泥土从土堆上方滚下来，时不时地点点头，间或有只言片语，告诉操作铲土机的人什么时候倒土，这样就能保证路基平整、笔直而均匀。

每六队人马就有一个人站在那监工。如果有哪匹马儿动作慢了，监工就会跟赶马的工人说上几句，工人就会督促马儿速度加快些。如果一队马儿速度太快了，监工又会提醒那个工人，让马儿速度放慢。一队队马儿沿着圆圈路线平稳行进，它们走过犁过的土地，来到路基处，然后绕过路基，又回到犁过的土地上。而在这个过程中，每队马儿之间都必须保持均匀的距离。

三十队人马，三十个铲土机，所有由四匹马一组的马队，犁和掌犁的工人们，还有操作铲土机的工人，各司其职，各遵其时，全都沿圆圈路线一圈又一圈地来回走着。正如爸爸说的那样，他们在广阔的草原上，看起来像个钟一样在有条不紊地运转着。工头弗雷德站在尘土飞扬的新路基边上，指挥着这一切。

这情景劳拉怎么也看不够。但是再往西去，还有更多东西值得看呢！爸爸说："跟我来，小家伙！我们一起看看他们是怎么铲土填土的！"

劳拉跟着爸爸沿着马车的车辙往前走。车轮碾过的地方，尘土中皱巴巴枯死的野草已经变得像干草一样了。他们又往西走了一段路。在草原的一个隆起的小丘上，更多的工人正在修建另一段铁路路基。

在小丘旁边的一个洼坑里，工人们正在朝里填土。在远处地势更高的地方，还有一些工人在铲土。

"你瞧，劳拉，"爸爸说，"地势低有洼坑的地方，他们就把路基填高些，地势高有隆起的地方，他们就把路铲平些。他们这么做的目的是把路基弄平整。铁路的路基必须尽量平整，这样火车才能在上面跑。"

"为什么呀，爸爸？"劳拉问道，"为什么火车不能在高低不平的草原上跑呢？"草原上根本就没有真正意义上的山丘，而且费这么大力气把隆起的地方铲平，又把坑洼的地方填平，就只是为了把路基整平，这简直是在浪费人力物力和时间。

"不是这样，费事之后就省事了。"爸爸说，"劳拉，不需要我告诉你，你自己也应该看得出。"

劳拉看得出路面平整了确实方便马儿行走，但是火车是匹铁马，它永远都不知疲倦啊！

"没错，但是它也得烧煤啊！"爸爸说，"煤也需要有人去开采，那活也得有人去做啊。如果路基平整的话，发动机烧的煤比路基高低不平的时候要少得多。所以说啊，把路基整平，现在看起来是又费钱又费力，但是之后就又省事又省钱了。这样省下来的时间和精力就可以用来修建其他东西了。"

"什么其他东西啊，爸爸？"劳拉问道。

"更多的铁路。"爸爸说，"以后几乎人人都乘坐火车，到时一辆马车也不会剩下。劳拉，你以后一定会看到这一天的。"

劳拉简直无法想象整个国家会有那么多条铁路，也无法想象一个国家能富裕到每个人都坐得起火车。但是她也没有试着展开想象，因为已经来到了一块高地上，他们可以看见那里的工人们正在忙着铲土填土呢！

在火车将穿过的草原高地上，犁地的人马和铲土的人马正在挖一道宽阔的沟渠。大队人马正在来回拉犁，拖铲土机的人马在一圈又一圈地行进着。大家彼此配合，平稳有序地工作着。

但是这儿的铲土机并没有走圆圈，它们走的是狭长的环线。它们在一头铲了土，返回另一头的倾倒处，把铲的土倾倒出来。

倾倒处是需要铲土的路端的一道深沟，两侧十分陡峭，与路端垂直。沟渠两边架起了沉重的圆木，做加固用，在沟渠上面架起了一个平台，中间有一个洞，沟渠两边的泥土越堆越高，要堆到平台的高度为止，这样才能把路基整平。

在铲土的路端，一队队马儿拖着载满泥土的铲土机走了出来。它们爬上铁路路基，来到倾倒处的顶端，从平台上走过去。走到平台上的洞的时候，马儿自洞口一侧一个个地走过去。驾马的人把铲土机里装的土从平台的洞口倒下去。然后马儿继续往前走，走下陡峭的斜坡，再折回铲土路端，再用泥土把铲土机装满，如此往复。

在整个过程中，都有一队马车在倾倒处穿梭，来来回回走到平台的洞下面。每次铲土机倒土，洞下面就有一辆马车在那等着接土。每辆马车要接五辆铲土机的土。等接满了土，马车就继续前进，而在后面等着的马车就会走到洞下面，等着接铲土机倒下来的土。

马车从倾倒处爬出来，折回，然后再爬上地势较高的铁路路基一端，那铲土机正在铲土呢！每辆马车走过路基的时候，都会把它装的土倒出来，使路基越来越长。马车上面没有车厢，只有厚木板搭出来的车板。驾车的人把厚木板一块块地都掀翻了，泥土就哗啦啦地倒在地上了。做完这一切，马车继续往前走，走到填土的地方，到平台中间的洞下面等着接土，直到马车再次装满泥土。

工人在犁地，铲土机在铲土倒土，泥土堆成了山，到处都尘土飞扬。飞扬的尘土形成了一团云雾，笼罩住了汗流浃背的工人和马儿。工人们的脸和胳膊被太阳晒得黝黑，又沾满了尘土，看起来灰蒙蒙的。他们的蓝衬衫和灰衬衫也都被汗水浸透了，布满了一道道泥污。马儿的鬃毛和尾巴沾满了尘土，因为汗水和灰尘混在一起，身体两侧的毛发也有些结块了。

所有人马都平稳有序地运转着，各队人马间保持着一定的距离，他们沿着圆圈路线轮流在铲土和填土的地方进出。犁在地面上来回翻动泥土，铲土机装满了泥土就运送到倾倒处倒出来，马车则在平台中间的洞下面等着，装满了土运到填土的地方，然后再折回倾倒处倒土。铲土的地方越来越深，而路基铺得越来越长。各队人马都沿着圆圈路线有序运转，一刻也不停歇。

"他们竟然从来都没有出现过失误！"劳拉惊叹道，"每次铲土机倒土的时候，马车就在下面等着接土！"

"这就是工头指挥得好啦！"爸爸说，"他指挥所有人都掐准了时间，配合得天衣无缝，就像在演奏一首乐曲！注意看工头，你就会发现这一切是怎么做到的。他们干得相当漂亮！"

在铲土处的高地上，填土奠基的一端，以及圆圈路线的各处，都可以看见工头们的身影。他们监督着各队人马，督促他们掐准时间，及时推进自己的工作。他们不时提醒这边的一队人马速度放慢些，又要求那边的另一队人马加快速度。没有哪队人马需要停下来等，也没有哪队人马动作慢了，要别人等他们。

劳拉听见工头站在铲土处的高地上喊道："弟兄们！速度稍微再快点！"

"你瞧，"爸爸说，"现在快收工了，工人们的速度都有点慢下来了。一个好的工头可不许他们这么做！"

就在爸爸和劳拉一起观看工人修铁路路基的当儿，一整个下午就这么过去了，他们该回商店和小屋了。劳拉最后望了工人们一眼，良久才依依不舍地离去。

在回去的路上，爸爸示意劳拉看漆有数字的坡度桩。这些坡度桩排成一条直线，被敲进铁路路基里。测量员已经把那些坡度桩敲入地下了。有了这些坡度桩，铺设路基的工人们就知道在地势低的地方路基该铺多高，在地势高的地方又该削去多少了。在铺设路基的工人来之前，测量员已经全都测量好了，并标上了精确的数字。

先是有人产生了修建铁路的想法，接着就有一批测量员来到空旷的野外，标记和测量一条根本就不存在的铁路。那仅仅是某个人设想出来的一条铁路罢了。然后一些犁地的工人过来把草原上的草儿拔干净，铲土工人负责挖土，再由另外一些工人驾马车把泥土拉走。他们所有人都说自己在铁路上工作，但是那条铁路根本就不存在。一些铲下来的泥土分布在草原的小丘上，还有几段十分狭窄的铁路路基，几乎只是一条条又短又窄的泥垄，穿过草原，一直向西延伸着。除此之外，草原上什么也没有。

"等路基铺好后，"爸爸说，"铲工会过来用铲子把路基两侧平好，上面也会平好。"

"然后他们就铺铁轨了。"劳拉说。

"别急，没那么快的，小家伙！"爸爸嘲笑她道，"得先把铁路枕木运过来铺上，然后才铺铁轨呢！罗马不是一天建成的，铁路也一样。任何有价值的东西都非一日之功。"

太阳就要落山了。草原上的小土丘的影子朝东映在地上，辽阔灰白的天空下，成群结队的野鸭和野雁扑棱扑棱滑落在银湖湖面上，打算在那栖息过夜。风中不再夹有灰尘，变得十分清爽。劳拉把太阳帽吊在脖子后面，尽情地享受吹拂在脸上的风儿，一边欣赏着整个大草原。

现在这还没有铁路，但是终有一天，长长的铁轨会平躺在草原上，火车会伴随着汽笛声声和浓烟滚滚，呼啸而来。虽然草原上并没有铁轨和火车，但是劳拉几乎已经看见它们了。

突然间，她问道："爸爸，第一条铁路就是这么修建的吗？"

"你在说什么呢？"爸爸问道。

"因为还没有铁路时，人们就设想要修建铁路，这才真的有了铁路，是不是？"

爸爸想了想。"没错，是这样。"他说，"好多东西就是这么出现的，是人们先凭空设想出来。只要有足够多的人思考一件事情，并为之付出努力，再加上天时地利，就离实现它不远了。"

"那幢房子是用来干吗的，爸爸？"劳拉问道。

"什么房子？"爸爸问。

"就是那幢房子，真正的房子。"劳拉指了指不远处。她一直想问爸爸有关银湖北岸房子的事，但老是忘。

"那是测量员的房子。"爸爸说。

"他们现在还在那住吗？"劳拉问。

"他们有时在，有时不在。"爸爸说。他们到了商店门口了。爸爸继续向前走。"小家伙，快点回家去吧！我还得做账呢！你现在知道铁路路基是怎么铺的啦，一定要原原本本告诉玛丽啊！"

"嗯，我会的，爸爸。"劳拉向爸爸保证，"我会大声告诉她的，保证一点不漏。"

她把自己看到的都尽力讲给玛丽听。但是玛丽却说："我真不明白，劳拉，为什么你宁愿跑到灰扑扑的工地上看那帮粗鲁的工人干活，也不愿意待在干干净净的小屋里呢？你四处闲逛的时候，我又缝完了一床被套呢！"

虽然玛丽这么说，劳拉的眼前还是浮现着工人们和马儿一起干活的场景，她几乎可以唱首节奏明快的歌为他们喊号子呢！

12.发薪日的暴乱

两个星期过去了，每天晚饭后，爸爸都要去商店后面的小小办公室里工作。他现在正在核算工人们的工作时间。

根据工时记录簿上的记录，他算出每个工人的工作天数，再算出这名工人赚了多少钱。然后爸爸开始算这名工人欠商店多少钱，该付伙食房多少膳食费，然后把二者加在一起，再从这名工人的工资中刨去欠商店和伙食房的钱，最后再填好工时单。

每到发薪日，爸爸都会给每一名工人发一份工时单，并把他应得的工资交给他。

以前劳拉经常帮爸爸干活。在她小的时候，在大木林，她帮爸爸给猎枪装上子弹；在印第安保留地的时候，她帮爸爸建房子；在梅溪的时候，她帮爸爸打理杂务，晒干草。但是她现在不能帮爸爸了，因为爸爸说，铁路公司不希望他工作的时候办公室有任何其他人在场。

即便如此，她还是知道爸爸的工作状况，因为从她家小屋的门口还可以很清楚地看到商店，她可以看见进进出出的每一个人。

一天早晨，她看见一辆马车急匆匆地来到商店门口，一个衣冠楚

楚的男人飞快地跳下马车，急急忙忙地走进商店里。还有两名男人在
马车旁等着，不时向门口和四周张望着，看起来很害怕的样子。

　　第一个男人出来了，又跳上了马车。他们又四处张望了一下，就
驾着车快速离开了。

　　劳拉从小屋跑出来，向商店跑去。她确定商店一定是出事了。她
的心怦怦乱跳着，看到爸爸安然无恙地从店里走出来，心头的一块大
石头这才落地。

　　"你这是要去哪儿呢，劳拉？"妈妈在她身后喊道。劳拉喊道：
"不去哪儿，妈妈！"

　　爸爸进了家，把门关上，从口袋里掏出一个沉甸甸的帆布包来。

　　"卡罗莱，我希望你能好好保管这个包。"他说，"这是工人们
的工资。要是有小偷想偷钱的话，他们只会想到去我办公室翻找，不
会找到家里来的。"

　　"我会好好保管的，查尔斯。"妈妈说。她用一块干净的布把它
包起来，放进面粉袋的深处，"谁也想不到翻面粉袋来找它吧！"

　　"这钱是那个男人带来的吗，爸爸？"劳拉问道。

　　"是的，那是出纳员。"爸爸说。

　　"那两个跟他一起来的男人看起来很害怕的样子。"劳拉说。

　　"哦，我不那么认为。他们只是护卫他，防止他被人抢劫罢了。"
爸爸说，"他身上带着好几千美元现金，那是营地上所有工人的工资，
总有些人想要来抢来偷。不过那两个男人身上带着枪，马车上也有枪，
他们没必要害怕。"

　　爸爸回商店的时候，劳拉看见他的左轮手枪枪柄从口袋里露出来

了。她知道爸爸心里不害怕。她看看门后的来福枪，又看看角落里站着的散弹猎枪。这些枪妈妈都会用，不用担心强盗闯到家里把钱拿走。

那天夜里，劳拉醒来好几次。每次醒来，她都听到爸爸在帘子另一边的床铺上翻来覆去的。因为面粉袋里藏着的那些钱，那个夜晚似乎比以往更加黑暗，而且充斥着各种奇怪的声音。但是没有人会想到钱藏在那，没有人。

第二天一大早，爸爸就把帆布包带回商店去了。这天是发薪日，早饭过后，所有工人都聚集在商店周围，一个接一个地走进商店领工资，领完工资后又一个接一个地出来，三五成群地站着，高声谈笑着。因为是发薪日，这天他们不用工作。

一家人一起吃晚饭的时候，爸爸说他必须回办公室一趟。"有些工人似乎不能理解为什么他们只领了两个星期的工资。"他说。

"为什么他们没领足一个月的工资？"劳拉问他。

"呐，劳拉你瞧，把所有工人的工时都核算出来，将工时单发到铁路公司，再由出纳员把钱送过来，这些可都需要时间啊！我现在发的是十五号之前的工资，剩下的工资会在接下来的两个星期内发。但是有些大老粗就是搞不明白为啥要等两个星期才发剩下的工资！他们想立刻拿到所有工资！"

"别着急，查尔斯！"妈妈说，"你别指望他们弄明白生意上的事。"

"而且他们也没怪你，不是吗，爸爸？"玛丽说。

"这才是最糟糕的呢！玛丽，我不知道他们怪不怪我。"爸爸回答道，"不管怎么说，我得回办公室把账做好。"

晚饭的盘子很快洗好了。妈妈坐在摇椅上哄格蕾丝睡觉，凯莉偎依在她身边。劳拉坐在门口望着湖面，太阳的余晖渐渐从湖面消失了。玛丽就坐在她身边。劳拉把她看到的景色大声讲给玛丽听。

"平静的湖面上微微闪烁着太阳最后一缕光辉。在这最后一缕光辉的四周，湖水变得暗淡朦胧起来，野鸭正在上面栖息。远处的土地也被黑暗笼罩了。灰色的天空布满繁星，开始一闪一闪的。爸爸已经点上了他的油灯，油灯从商店后面透出微黄的亮光来。妈！"她突然叫道，"那边有一大群人，你快看！"

一群工人正在商店四周聚集。他们一言不发，甚至在草地上走路都没发出一点声音来。很快，黑压压的人群就越聚越多了。

妈妈飞快地站起身来，把格蕾丝放在床上。然后她从帘子里探出头来望着劳拉和玛丽的脑袋，柔声说道："快进来，女孩儿们！"

劳拉和玛丽听了妈妈的话赶紧进屋。妈妈把门关起来，只留了一丝缝隙。她透过门缝往外看。

玛丽和凯莉坐在椅子上，劳拉却透过妈妈的胳膊往外偷看。人群聚集在商店周围，靠得更近了。两个男人走上台阶，开始大力拍门。

人群静悄悄的。暮色昏暗，四下里有片刻寂静。

然后那两个男人又开始用力拍门了，其中一人叫道："开门！英格斯！"

门开了，爸爸走了出来，站在灯光里。他关上身后的门，拍门的两个男人退到了人群中。爸爸站在台阶上，两手插在口袋里。

"嗨！弟兄们！怎么啦？"他平静地问道。

人群中传来一个声音："我们来讨我们的工钱！"

其他人也跟着大声喊道："我们全部的工钱！""把你扣我们的两个星期的工钱还给我们！""我们要工钱！"

"再过两个星期你们就可以拿到工钱啦！我一算好你们的工时就会发给你们的。"爸爸说。

无数声音又高声叫道："我们现在就要！""别再拖延！""我们现在就要工钱！"

"我现在没法给你们，弟兄们。"爸爸说，"出纳员不来，我也没钱给你们啊！"

"把门打开！"有人叫道。接着整个人群都嘶吼起来。"就是！把门打开！把门打开！"

"不行，弟兄们，我不能这么做。"爸爸冷冷说道，"明天一早再来吧，到时候谁想拿什么就拿什么，不过要记在他账上。"

"把门打开！不然我们自己动手了！"有人喊道。人群中爆发出阵阵咆哮声。黑压压的人群向爸爸涌去，咆哮的声浪也压了过去。

劳拉弯下身来，钻到妈妈胳膊下，想要钻出去，却被妈妈抓住了肩膀拽了回去。

"啊！让我出去！他们会伤害爸爸的！让我出去！他们会伤害爸爸的！"劳拉低声尖叫着。

"安静点！"妈妈用劳拉从没听过的语气喝道。

"都往后退，弟兄们。别再往前挤了。"爸爸说。劳拉听得见他冷静的声音，站在那里瑟瑟发抖。

接着她听到人群后面传来另一个声音。那声音低沉而有力，虽然不大，却人人听得清楚。"出什么事了，弟兄们？"

黑暗中劳拉看不见红衬衫，但是只有杰里老大才这么高。他站在那里，比人群中所有人都高出一截来。离人群不远处，昏暗中有一团模糊的白影，应该是他的白马。人们七嘴八舌地告诉杰里发生了什么事。他听了大笑起来，笑声洪亮而浑厚。

　　"你们这群傻瓜！"杰里老大高声笑道，"这也值得小题大做吗？你们不是想要商店里的东西吗？噢，明天一早我们就过来拿，想拿什么拿什么，它们还能跑了不成！一旦我们动手拿东西，谁也拦不住！"

　　劳拉听到一阵阵粗话。是杰里老大在说话。他骂骂咧咧的，还说了些她从来没听过的粗话。她现在有点听不清他在说什么了，因为发现杰里老大也站在工人们的一边，跟爸爸对着干的时候，她就觉得一切都完蛋了，就像是盘子跌到地上摔了个粉碎。

　　现在人群都围在杰里老大身边。他叫着一些工人的名字，跟他们大声谈论喝酒打牌之事。一些工人拥着他朝工人宿舍走去，剩下的人在黑暗中三三两两地散去了。

　　妈妈关上门，说道："睡觉了，女孩儿们。"

　　劳拉哆哆嗦嗦爬上床。爸爸还是没有回来。她时不时地听见营地传来粗鲁的谈笑声，打破了黑夜的寂静，还听见有人唱歌的声音。她知道，爸爸回家之前她是睡不着了。

　　然而她睁开眼睛的时候，发现已经是早晨了。

　　银湖之上的天空布满了金色的云霞，熊熊燃烧着，云霞中贯穿着一条红线，把湖面映成了玫瑰色，成群结队的野鸟从湖面飞起，喧闹着，叫嚷着，热闹极了。营地上也十分热闹。伙食房周围也挤满了人，他们排着歪歪斜斜的长队，兴奋地高声谈笑着。

妈妈和劳拉在伙食房门外的角落里看着这一切。她们听见一声喊叫，接着就见杰里老大跃上了他的白马。

"来吧，弟兄们！"他喊道，"大伙儿出去找点乐子！"

白马抬起前腿，打了个回旋，又立了起来。杰里老大打了个呼哨，白马撒开四蹄狂奔起来，朝着草原西面疾驰而去了。所有工人都冲到了马厩，短短一分钟，他们就一个接一个地骑上马，跟着杰里老大飞奔而去了。大家骑着马儿四散开来，顷刻间不见了身影。

营地上立刻变得冷冷清清的，寂静笼罩了劳拉和妈妈。"噢！"妈妈叫道。

她们看见爸爸正在从商店走出来，向伙食房走去。伙食房的领班弗雷德出来迎接爸爸。他们交谈了一会儿。然后弗雷德走到马厩，翻身上马，向西疾驰而去了。

爸爸正暗自低笑着。妈妈说不知道什么事这么好笑。

"这个杰里！"爸爸大笑起来，声如洪钟，"真有他的！要我说，他不是领着工人们去恶作剧，还能去哪儿呢！"

"去哪儿？"妈妈尖声问道。

爸爸神色严肃起来，"斯特斯宾营地发生了骚乱，各营地的工人都成群结队地赶过去了。你说得对，卡罗莱，这事没什么好笑的。"

整整一天，营地上都异常安静。劳拉和玛丽没有出去散步。不知道斯特斯宾营地出什么事了，那帮危险的家伙突然回来了也说不定。妈妈的眼睛一整天都充满焦虑，她双唇紧闭着，不知道为什么，她时不时地长吁短叹。

天黑以后，男人们回来了。但是他们回营地时全都静悄悄的，不像早上离开营地时那样喧闹。他们在伙食房吃过饭，就回宿舍睡觉了。

很晚了爸爸才从商店回来，劳拉和玛丽依然醒着。帘子那边的灯还亮着，爸爸和妈妈正在低声交谈着。她们静静地躺在床上，凝神听着爸爸和妈妈的谈话。

"现在没什么好担心的了，卡罗莱。"爸爸说，"他们已经闹够了，事情全都平息下来了。"他打着哈欠，坐下来脱掉靴子。

"他们这一天都干吗去了，查尔斯？有没有人受伤？"妈妈问。

"他们把出纳员给吊了起来。"爸爸说，"有一个人伤得很重，人们把他抬上一辆拉木材的马车，带他到东边找医生去了。别担心，卡罗莱。谢天谢地，我们这么容易就脱身了。一切都过去了。"

"事后我才觉得吓人呢！"妈妈说，她的声音有些颤抖。

"到这来吧。"爸爸说。劳拉知道妈妈现在正坐在爸爸的腿上。"我知道你害怕。"爸爸安慰妈妈说，"别想啦，卡罗莱，都过去啦！路基马上就要铺好了，要不了多久，这些营地就会拆掉。而且明年夏天我们就会在新家园安定下来啦！"

"你什么时候去找新家宅地？"妈妈说。

"营地一拆就去。在这之前，我得照看商店，一步也走不开。"爸爸说，"这你也是知道的。"

"嗯，我知道，查尔斯。那他们怎么处置那些……杀死出纳员的人？"

"他们没有杀出纳员。"爸爸说，"事情是这样的，你知道，斯特斯宾营地跟咱们这儿的是一样的。他们的办公室也在商店后面，是间单坡披屋。商店就一个门。出纳员拿着钱待在办公室，把门锁上了，只留了道缝。他就从门缝里给工人们发工钱。

"那天斯特斯宾营地上有三百五十名工人等着领工钱，他们想一次领齐，跟咱们这边的工人一样。他们发现只领了到十五号的工钱，就动粗了。他们大多数人都带了枪，冲进商店，威胁说不把工钱发齐了就开枪射击。

"混乱中两个男人吵了起来，其中一个拿秤砣把另一个人的脑袋给砸了。他像个被一棍打晕的公牛一样，轰然倒地，大家七手八脚地把他抬到外面，但是他已经失去知觉了。

"所以人们拿了根绳子，跑去追那个动手打人的嫌犯。他们很快就顺着他留下的痕迹追到了沼泽地里，但是追到高草地时，却找不着他了。他们反复扒开没过头顶的高草来找他，但是我猜他们已经把他留下的痕迹破坏掉了。

"他们一直过了中午还在追捕他，但是却始终没找到，也是那人幸运。他们回到商店时，门是锁着的，进不去。有人已经把那个受伤的人搬到马车上掉头朝东边找医生去了。

"这个时候，各个营地的工人全都聚集到了一个地方，他们冲进伙食房，逮着什么吃什么，大多数人还喝起了酒。他们不停地大力拍门，对出纳员大喊大叫，要他开门发工钱，但是没人回答。

"一千个醉醺醺闹事的男人可不是好对付的。不知道是谁发现了那根绳子，大叫道：'把出纳员吊起来！'其他人立刻起哄：'吊死他！吊死他！'

"有两个人爬到了披屋的屋顶上，在屋顶板上弄了个洞。他们把绳子从屋顶的边缘放了下去，屋顶下面的人群抓住了绳子。那两个人把绳子扔到出纳员身上，套索套到了他脖子上。"

"别说了，查尔斯。女儿们都还没睡呢！"妈妈说。

"吓吓吓！不说啦！但事情的经过就是这样的。"爸爸说，"他们把他向上拉了一两次，他就屈服了。"

"他们没把他吊死吗？"

"没那么严重。人群中有些人想用枷锁把商店的门砸开，商店的主人只好把门打开了。办公室的一个工作人员割断绳索，把出纳员放了下来，又打开了发薪水的窗口。出纳员给每个工人都发了工钱，要多少给多少。就是其他营地赶过去的一些工人也领到了钱呢。谁也顾不上核对工时单了。"

"他可真丢脸！"劳拉叫了起来。爸爸拉开帘子。"他都干了什么呀！我绝不会那么做！我绝不会那么做！"她不停地地叫喊着，爸爸妈妈简直插不上话。她一边说一边坐了起来，双膝跪在床上，拳头握得紧紧的。

"你绝不会什么呀？"爸爸问。

"我绝不会给他们发工钱！他们休想我给他们发工钱！也休想让你给他们发工钱！"

"那边的暴乱比咱们这边严重多了！而且那个出纳员也没有杰里老大帮忙呀！"爸爸说。

"嘘！"妈妈嘘了一声，让他们安静，"你们会吵醒格蕾丝的！谢天谢地，那个出纳员挺会办事的，好死不如赖活着嘛！"

"哦，不！妈妈！这不是你的真心话！"劳拉低声说道。

"不管怎么说，一味逞强不是好事，小心谨慎才是真正的勇敢。

女儿们，快去睡觉吧！"妈妈低声说道。

"拜托，妈妈。"玛丽低声说，"他怎么可以屈从他们，给他们发钱？他的钱哪儿来的？他手上的钱不是早就发出去了吗？"

"这倒是，钱哪儿来的？"妈妈问。

"是商店的钱。那商店很大，早就把付给工人的钱又几乎全赚回去了。"爸爸说，"现在听妈妈的话，赶快睡觉吧！"他放下了帘子。

妈妈吹灭了灯后，玛丽和劳拉躲在被子里轻声交谈着。玛丽说她想回梅溪。劳拉没有答话。她喜欢尽情感受小屋外面的大草原。她的心脏快速有力地跳动着，耳边回荡着闹事工人蛮横暴烈的咆哮声和爸爸冷静低沉的声音："别再往前挤了。"她的眼前浮现着汗流浃背的工人和马儿，尘土飞扬中他们卖力地干着活，边大声唱歌边修铁路。她再也不想回梅溪了。

13. 银湖上空的翅膀

天气越来越冷了。漫天都扑棱着翅膀，那是一群群鸟儿在飞翔。各种各样的鸟儿拍打着翅膀，在蓝天下飞翔着。它们有的从东边向西边飞去，有的从北边向南边飞去，还有的在地面上扑棱着翅膀，一瞬间就冲上了云霄，直到消失在视线中。

到了傍晚时分，漫天的鸟儿一群接一群地不断从天空中滑落下来，落在银湖的水面上。湖面栖息着一群体型巨大的灰色野雁。身上有几簇雪白羽毛的黑雁挤挤挨挨地偎在水边，像残雪。湖面上还有数不清的各种野鸭：翅膀上紫绿色羽毛闪闪发亮的大个头绿头鸭、红头鸭、蓝嘴鸭、帆背潜鸭和短颈野鸭，还有连爸爸也叫不上名字的其他各种野鸭。湖面上有苍鹭、鹈鹕和野鹤，还栖息着小小的泥鸡和潜水鸟。那种潜水鸟身子小小的，密密麻麻地落满了湖面。只要枪声一响，潜水鸟就一个猛子扎入水底，眨眼间就不见了。它们潜入深水后，可以在水底待很久。

日落以后，从北往南已经飞了很久的鸟儿们滑落在湖面上，准备在这过夜。宽阔的湖面密密麻麻地落满了各种各样的鸟儿，在入睡之前，它们叽叽喳喳地叫着，好像在聊天。鸟儿们知道，冬天就要来了，它从北边慢慢地逼近，就在它们的身后了。所以它们早早地上路了，这样它们还有时间在飞行的途中休息一下。它们浮在湖面上静静地栖息了一夜。这一夜，湖水温柔地托浮着它们的身躯，让它们感到无比舒适、无比自在。经过一夜的休息，到了第二天拂晓时分，它们的翅膀又变得强劲有力了。鸟儿们张开翅膀，纷纷向着高空飞去。

有一天，爸爸从外面打猎回来，带回了一只雪白的大鸟儿。

"真是对不起，卡罗莱。"他神色哀哀地说道，"早知道的话我就不会开枪了。我打了一只天鹅。它实在太漂亮了，我舍不得杀它。但是我不知道它是只天鹅啊！我以前从来没见过天鹅在天上飞呢！"

"现在说什么也晚啦，查尔斯！"妈妈安慰他说。大家全都站在那，伤心地看着那只漂亮的雪白的鸟儿。它再也无法展翅飞翔了。"来，"妈妈说，"我来拔毛，你来剥皮。我们把天鹅绒留在皮上，再把天鹅皮加工一下，制成皮革。"

"它个头比我还大呢！"凯莉说道。那只天鹅个头非常大，爸爸还特意量了一下，它那两只雪白的翅膀张开后，加在一起足有八英尺长。

又过了几天，爸爸带回来一只鹈鹕给妈妈看。他撬开鹈鹕那长长的嘴巴，一些死掉的小鱼立刻从嘴下面的囊里掉了出来。妈妈立刻抓起围裙捂着脸，凯莉和格蕾丝也赶紧捏住了鼻子。

"把它拿开，查尔斯！快点！"妈妈拿围裙捂着嘴叫道。有些小鱼还很新鲜，还有些已经死了好长时间了。鹈鹕不能吃了，甚至连它们的羽毛都被那些腐烂的鱼熏得臭烘烘的。妈妈不可能用那些羽毛塞枕头。

爸爸打来各种能吃的野鸭和野雁，除此之外，他还打了些老鹰。有的时候他因为老鹰杀了其他鸟儿，就把它打下来。爸爸每天都打些野鸭野雁回来吃。劳拉和妈妈把这些野鸭野雁用开水烫一烫，再把羽毛拔得干干净净。

"要不了多久我们就能再做一床羽绒床垫了！"妈妈说，"这样这个冬天你跟玛丽就有羽绒床垫睡啦！"

整个金秋时节，漫天都是鸟儿的翅膀。有的鸟儿们扑棱着翅膀，低低地掠过蔚蓝的湖面，还有的鸟儿们振翅高飞，在蓝天上自由翱翔。野雁的翅膀、黑雁的翅膀、野鸭的翅膀、鹈鹕的翅膀、野鹤的翅膀、苍鹭的翅膀、天鹅的翅膀，还有海鸥的翅膀，所有翅膀奋力拍打着，翱翔着，将鸟儿们带到南方的绿草地上。

已是金秋时节了。每天早晨，鸟儿们漫天飞翔，空气中还有湿漉漉的浓雾，劳拉感到心情舒畅，想要四处走走。她也不知道要去哪儿，她只是想出去走走。

"我们朝西走吧！"有一天晚饭后，她对爸爸说，"爸爸，亨利叔叔去西部的时候，我们为什么不跟着他去西边看看？"

亨利叔叔和路易莎还有查理已经赚到了足够的钱，他们现在可以去西部了。他们马上就回大木林，卖掉他们的农场，第二年春天，他们就会跟波莉阿姨一起往西走，到蒙大拿州去。

"为什么我们不跟着去看看呢？"劳拉说，"爸爸，你已经赚了不少钱啦，足足有三百美元呢！而且我们又有马又有车！噢，爸爸！我们去西部吧！"

"你消停点吧！劳拉！"妈妈喊道，"无论如何，你不能去西部。"

"我知道，小家伙！"爸爸说，他的语气很温柔亲切，"你跟我想像鸟儿一样自由飞翔。但是老早以前，我就答应了你妈妈，让你们所有女孩儿都去上学。如果你去了西部的话，就没法上学了。等这儿的小镇建好了，马上还会建一所学校。我马上就会找块家宅地一家人安居下来。劳拉，你们这些女孩儿都快去上学啦！"

劳拉看看妈妈，又望望爸爸。她知道事情就这么定了：爸爸会待在定居的家宅地，而她会去学校上学。

"总有一天你会感谢我的，劳拉。还有你，查尔斯。"妈妈柔声说道。

"只要你满意，卡罗莱，我就满意了。"爸爸说。他说的是真话，不过他不想去西部。劳拉走到洗碟子的盆旁边，继续洗晚饭后撤下来的盘子。

"还有件事，劳拉。"爸爸说，"你知道妈妈以前是一名教师，妈妈的妈妈以前也是教师。妈妈一直盼着你们中的谁以后能到学校教书，我猜肯定是你。所以你瞧，你们必须去上学。"

劳拉心中一悸，感觉整颗心慢慢地沉了下去。她什么也没说。她知道，爸爸、妈妈，还有玛丽自己，他们以前都想让玛丽以后当教师。但是现在，玛丽眼睛看不见了，没法当教师了。现在，玛丽是没法当教师了，那么……"噢，不！我不！"劳拉心中想道，"我不要当教师！我不能当教师！"然后她又对自己说："你必须当教师。"

她不能让妈妈失望。她必须按照爸爸说的去做。因此她长大后必须去学校当一名教师。再说她也没有别的赚钱的本事。

14. 营地被拆掉啦

辽阔的草原在灰白的天空下绵延起伏着。草儿已经变得枯黄，草原上像铺了一床浅黄色的被单，只有沼泽地是深绿色的。鸟儿越来越少了，所剩不多的鸟儿也急匆匆地往南飞去。落日时分，常常可以看见成群结队的鸟儿，焦躁不安地叫着，从银湖上空飞过。银湖湖面对鸟儿们来说，是十分诱惑的，但是它们没有落到湖面上觅食、过夜，而是不停地向前飞。领头的鸟儿累了，就换一只鸟儿来代替它，继续带领鸟群向着南方不停地飞去。冬天的严寒在身后逼近了，它们已经顾不上休息了。

每个结霜的早晨和寒冷的傍晚，劳拉和莉娜都要去挤牛奶。她俩头上裹着厚厚的围巾，再用别针把围巾在下巴处固定住。她们光着两条腿，鼻子被风吹得通红。但是当她们蹲下来给身子热乎乎的奶牛挤奶时，长围巾披下来，盖住了脚面，顿时暖和多了。她们边挤牛奶边放声唱歌：

你要去哪儿啊，我美丽的姑娘？

我要去挤牛奶啊，先生。她说。

我能否跟你一起去啊，我美丽的姑娘？

哦，如果你愿意的话，当然可以，先生。她说。

你有什么财富啊，我美丽的姑娘？

我的脸蛋就是我的财富啊，先生。她说。

那我可不能娶你啊，我美丽的姑娘。

没人让你娶我啊，先生。她说。

"唉，我猜我们很长一段时间都没法见面啦！"有天傍晚，莉娜说。铺路基的活已经快干完了。第二天一早，劳拉和莉娜还有多西亚姑姑就会出发。他们要赶在日出前动身，因为他们从公司的商店里装了三大马车货物。他们不会告诉任何人他们要往哪儿去，因为害怕公司的人抓住他们。

"我真希望我们还能抽点时间，骑上黑色的小马驹儿在草原上奔跑！"劳拉说。

"妈的！"莉娜肆无忌惮地爆了句粗口，"夏天终于结束了，我真高兴！我讨厌那些房子！"她挥舞着牛奶桶大声说道，"再也不用做饭了！再也不用洗盘子了！再也不用洗衣服了！再也不用擦地了！喔！"然后她又说："噢，再见！我猜你一辈子都会待在这里了！"

"我猜也是。"劳拉伤感地说道。她心里明白，莉娜要去西部了，甚至还会去俄勒冈州。"好吧，再见！"

第二天早上，劳拉一个人孤零零地挤着牛奶。多西亚姑姑从饲料房拉走了一马车燕麦，莉娜从商店拉走了一马车货物，吉恩拉了一大车铲子和犁。希姑父与公司结算完就会赶上他们。

"希这回从商店拿了不少东西，这要是付钱的话，他可要负债累累了。"爸爸说。

"你不是应该阻止他们吗，查尔斯？"妈妈担忧地说。

"这事不该我负责的。"爸爸说，"我的任务是让承包商想拿什么拿什么，然后记到他账上就行了。没事的，卡罗莱！这算不上偷，而且希也没多拿，这都是他应得的。他在这干的活，还有在大苏河干的活，公司都没给钱呢！公司以前欺骗了他，他现在只是找补回来罢了，就是这么回事！"

"好吧！"妈妈叹了口气，"什么时候这些营地的人搬走了，我们又定居下来了，我才高兴得起来！"

每天早上，营地里都闹哄哄的，工人们领到他们最后一笔工钱后就离开了。一辆辆马车陆陆续续向东驶去了。营地里一天比一天冷清，变得空荡荡的。有一天，亨利叔叔、路易莎和查理也驾着马车回威斯康星州了。他们打算回去把农场卖了。伙食房和工人宿舍已经荒废了，商店也变得空空如也。爸爸只等公司派人来核查他的账本。

"我们得去东边找个地方过冬。"他对妈妈说，"这间小屋太冷了，就算公司允许我们待在这儿，就算我们有煤烧，冬天零下几度的时候也肯定受不了。"

"噢，查尔斯！"妈妈说，"你到现在还没找到我们定居的家宅地呢！如果不想把你赚到的钱花光的话，我们先在这住到来年春天再说。"

"我知道，可是我们又能怎么样呢？"爸爸说，"我在我们出发前就能找到定居的家宅地，然后提出申请，登记在案。或许明年夏天我可以找到一份差事养家糊口，还能余点钱去买点木材盖间小屋。我现在可以盖间茅草屋，但是即便如此，算算这里的物价和煤价，春天前也会把所有钱花光的。不行，我们最好还是到东部过冬。"

前面的日子可真不好过。劳拉试着让自己高兴起来，但是她做不到。她不想再回东部。她讨厌离开银湖回到东部去。既然他们已经来到银湖了，她想在这里长住下去，而不是被迫回去。但是如果不得不回东部的话，他们也得回去啊！来年春天他们可以从头开始，光是抱怨也没什么用。

"劳拉，你不舒服吗？"妈妈问她。

"噢，妈妈，我没事。"她答道。但是她的心情十分灰暗沉重，怎么也高兴不起来。她想要强作欢颜，却发现这只会让自己更加痛苦。

公司派人来核对爸爸的账本了。最后一辆马车也离开了营地。就连银湖湖面也变得空荡荡的，一只鸟儿也没有。头顶上晴空万里，偶尔有一群鸟儿急匆匆地飞过。劳拉和妈妈把马车棚盖修补一番，又烤了些面包，为接下来的长途旅程做准备。

那天晚上，爸爸从商店吹着口哨回到家里，像一阵清风吹进了他们的小屋。

"你觉得咱们在这过冬怎么样，卡罗莱？"爸爸高兴地叫道，"我们住测量员的房子！"

"噢，爸爸！真的可以吗？"劳拉叫道。

"当然可以啦！"爸爸说，"如果你妈妈愿意的话。那房子漂亮

结实，还保暖呢，卡罗莱！测量员的头头刚刚就在商店，他说他们本来以为得留下来过冬，所以就准备了煤和过冬的食物，但是如果我愿意负责看管公司的工具一直到来年春天的话，他们就不在这过冬了。公司派来的人也同意了。"

"他告诉我说，房子里有面粉、大豆和咸肉，还有土豆，甚至还有一些罐头呢！还有煤！只要一个冬天都待在这，我们就可以免费享用这一切！我们的奶牛和马儿还可以住在马厩里！我告诉他我明天一早答复他。你怎么说，卡罗莱？"

大家都看着妈妈，等着她回答。劳拉太激动了，简直要跳起来。待在银湖！最后居然不必回东部了！妈妈有点失望，她一直盼着回东部有人居住的地方去。但是她说："听起来真是天上掉馅饼，查尔斯。你是说，那有煤？"

"要是没有煤的话，我也不想待在那儿。"爸爸说，"但是那儿确实有煤。"

"嗨，晚饭已经上桌了，"妈妈说，"洗手吃饭吧，别等饭凉了！看起来确实是个好机会，查尔斯。"

吃晚饭的时候，他们一直谈论这个话题。住在那间温暖的房子里肯定很舒适。虽然他们关上了门，壁炉里还生着火，但是小屋四面透风，屋里还是很冷。

"住在那间大房子里不会让你觉得自己很富有吗？"劳拉起了个话题。

"不会。"妈妈说。

"这不会让你觉着自己很富有吗，妈妈？光是想想过冬的那些食物和煤，就觉得自己很富有了吧？"劳拉说。

"直到来年春天，一分钱都不用花呢！"爸爸说。

"没错，劳拉，会的。"妈妈笑了，"你说得对，查尔斯，我们必须待在这儿。"

"噢，卡罗莱，其实我也拿不准。"爸爸说，"从另外的角度考虑的话，我们最好不要待在这。目前据我所知，离我们最近的邻居就是布鲁金一家了，距离我们六十英里。万一出什么事的话……"

突然门外传来敲门声，把他们吓了一跳。爸爸喊道："进来！"一个高个子男人推开门走了进来。他裹着一件厚厚的大衣，戴着厚厚的围巾。他的小短胡子黑黑的，两颊通红，眼睛像印第安保留地的婴儿一样黑漆漆的。劳拉永远也不会忘记那些小婴儿。

"嗨，博斯特！"爸爸招呼道，"快过来烤烤火！今晚可真冷！这是我妻子，这些是我的女儿们。博斯特先生已经申请到家宅地，打算在这里安家啦！他就在铁路上工作。"

妈妈搬了把椅子放在壁炉前，给博斯特坐。他伸出双手烤火，一只手上缠着绷带。"你的手受伤了吗？"妈妈关切地问。

"哦，只是扭伤而已。"博斯特先生说，"但是放在火上烤烤还蛮舒服的！"他转向爸爸继续说："我需要你帮我个忙，英格斯。还记不记得我前段时间把我的马儿卖给了皮特？他付了一部分定金，说是剩下的钱等发了工钱就给我。可是现在他一拖再拖，就是不肯把钱给我。我简直怀疑他是不是已经带着我的马儿偷偷溜走了！我想去追他，把我的马要回来，但是他的儿子也跟他在一起，恐怕会跟我打架。我可不想同时跟两个粗人打架，那简直是自找麻烦！再说我的一只手还伤着呢！"

"要打架的话，我们周围有的是人。"爸爸说。

"我不是那个意思。"博斯特先生说，"我不想惹麻烦。"

"那我能帮什么忙吗？"爸爸问。

"我也在想这个问题呢！这没有法律，没法追债，没有政府官员，甚至连个政府都没有。不过或许皮特对此并不知情。"

"噢！"爸爸叫道，"你是想让弄几份政府文件吓唬吓唬他？"

"我已经找了一个人了，到时他会扮演警长传唤他们。"博斯特先生说。他的眼睛闪烁着精光，爸爸也是。但是他们眼中的亮光并不一样。博斯特先生的眼睛小小的，是黑色的，爸爸的眼睛大大的，是蓝色的。

爸爸放声大笑起来，一边用手拍着膝盖："真是太好笑了！我正好还剩下一些公文纸！我来起草文件，博斯特！去找你的警长吧！"

博斯特先生匆匆忙忙地走了。妈妈和劳拉急忙收拾好桌子。爸爸摆开了架势，开始在一张两边都带红线的纸上写着什么。

"好了！"他终于说道，"看起来还真像一份重要的文件呢！必须立即执行！"

门外传来敲门声，是博斯特先生。一起来的还有另外一个男人，他裹着件长大衣，帽子压得低低的，遮住了眼睛，脖子上围着条围巾，把嘴也捂住了。

"给，警长先生！"爸爸对他说，"把文书送去，把马儿或钱带回来，无论马儿是死是活。记住要收诉讼费！"他们大笑起来，震得小屋都颤动起来！

爸爸看看那人的帽子和围巾，它们把他的脸都遮起来了。"今夜这么冷，是你走运啦，警长！"他说。

那两个男人关上门出去了。爸爸也停下笑声，对妈妈说："那个假警长肯定是测量员的头头，要是猜错的话，我把我的帽子吃了！"他拍着大腿，声音又提高了八度。

到了半夜，劳拉被博斯特先生和爸爸的说话声吵醒了。博斯特先生在门口说："我看到你屋里有灯光，所以顺道告诉你，咱们的法子管用啦！皮特怕得不得了，连钱带马儿都乖乖交出来啦！那个骗子做贼心虚，害怕法律的惩罚！这是诉讼费，英格斯。那个测量员不要这钱，他说这件事太好玩儿了，能参与其中已经很开心了，他不要报酬。"

"他的那一份你留着吧！"爸爸说，"我只拿我自己的那份。本法庭的尊严必须维护！"

博斯特先生一听，放声大笑起来，劳拉、玛丽、凯莉和妈妈全都忍不住笑出了声来，她们实在憋不住啦！爸爸声如洪钟，让人感到温暖而快乐。而博斯特先生的笑声却让人忍俊不禁，不由得跟着笑起来。

"嘘！你会吵醒格蕾丝的！"妈妈说。

"什么事这么好笑？"凯莉问道。她老早就睡着了，醒来后就听到博斯特先生在那放声大笑。

"那你笑什么呀？"玛丽问她。

"博斯特先生的笑声可真逗，让人忍不住发笑。"凯莉说。

第二天早晨，博斯特先生来家里吃早餐。因为营地搬走了，四周没有吃饭的地方了。那天早上测量员们驾着马车朝东出发了，最后一辆马车也走了。博斯特先生要最后才走。他不得不等手上的伤好了再走，否则没法驾驶马车。他手上的伤更严重了，因为那天夜里冻着了。过了几天他还是朝东出发了。他要去爱荷华州结婚了。

"如果你们一整个冬天都待在这的话，我看看能不能把埃莉也带过来。"他说，"如果我们能赶在冬天来临前赶回来的话。"

"要是你们能来的话就太好了，博斯特！"爸爸说。"没错，我们会很高兴的。"妈妈说。

然后他们目送博斯特的马车离开了。车轮碾过坚硬的地面，嗒嗒作响，一路向东驶去了。

现在整个草原都空荡荡的，寒冷的天空中连一群鸟儿都没有啦！

等博斯特先生的马车一消失在他们的视线中，爸爸就把他的马儿和马车牵到了门口。

"来吧，卡罗莱！"他叫道，"现在除了我们，营地上一个人都没有啦！今天我们得搬家啦！"

15.测量员的房子

　　什么东西都不用打包，因为测量员的房子就在银湖北岸，离他们的小屋还不到半英里呢！劳拉简直等不及去看房子啦！她帮爸爸把所有东西都整整齐齐地装进了马车，玛丽、凯莉和妈妈还有格蕾丝都坐了进去。劳拉对爸爸说："爸爸，求求你，能不能让我在前面跑？"

　　"劳拉，你该说敬语'可不可以'。"妈妈说，"真是的，查尔斯，你难道不觉得……"

　　"没什么能伤害她的。"爸爸说，"我们在后面看着她。小家伙，沿着湖岸跑！别担心，卡罗莱！我们跟近一点，没事的！"

　　这样劳拉就在前面跑啦！她迎着风奔跑，围巾被吹到脖子后面了，一下一下拍着她的后背，寒风简直吹到她的骨头里去啦！寒风中，她感觉自己的血液变得微弱冰冷。跑了一会儿，她开始觉得暖和了些，脉搏也变得有力了。她大口地喘着粗气，胸口剧烈地起伏着。

　　她经过的地方一片狼藉，那儿的营地刚刚搬走。她的双脚一下一下地重击着地面。那地面坚硬而粗糙，遍布着枯草。四下里空无一人，所有人都已经走了。广阔无垠的草原上，是一望无际的天空，清风徐来，使人感到说不出的舒爽自在。

现在就连马车也被甩在身后了，不过它还是正在追上来。劳拉回头望去，见爸爸正对她挥手。她停了下来，不再狂奔。这时候，她听得见风吹草地的声音，也听得见波涛拍岸的声音。她沿着湖畔，在干枯的矮草地上蹦蹦跳跳地走着。她可以大喊大叫，只要她愿意。因为四下里没人。她放声喊道："是我们的！全都是我们的！"

她大喊大叫着，可是那声音在喉咙里还挺大，一飘到空气里就变得微弱了。或许是风儿把她的声音吹跑啦！也有可能是大地空旷，天空辽阔，一切静悄悄的，不许谁的声音来打破这儿的寂静。

测量员的靴子在草地里踏出了一条小道，劳拉踩在上面，感觉滑滑的、软软的。风太冷啦，劳拉弯下身子，低下头，想少吹点儿风。她放慢了脚步，沿着小道轻轻走着。一个人先跑过去看测量员的房子肯定特别好玩儿。

房子突然出现在劳拉的面前。那是一幢大房子，是真正的房子，一共有两层，带玻璃窗。因为风吹日晒，房子的木板已经由黄色渐渐变成灰色了，所有的缝隙也像爸爸说的那样，都用木条封上了。门是朝后门的披屋方向开的，有一个陶瓷门把。

劳拉打开门，向里面张望了一下，然后又把门完全推开，走了进去。门在地板上划出了一道弧形的痕迹。这房子的地板是木头做的，踩在上面不如小屋的泥土地舒服，但是打扫起来却比较方便。

这幢空房子很大，似乎一直在耐心等待，凝神倾听，它好像知道劳拉已经来了，但是还没有想好怎么接待她。它在静观其变。风儿呼呼地吹在房子的墙上，呜呜呜地发出孤独的叫声，但是这些声音都在房子外面，所以听起来有些微弱。她蹑手蹑脚地穿过披屋，打开了另一侧的门。

劳拉看着眼前的大客厅。里面的木板墙都还是黄色的，阳光从西面的窗户洒进来，斜斜地落在地板上，投下了金色的光影。靠近前门有一扇朝南开的窗户，一缕清冷的阳光从窗户透了进来。测量员把烤炉留下了！那烤炉比妈妈从梅溪带来的那个可大多了，上面有六个盖子、两个炉门，排烟管也安好了。

烤炉旁边的墙上还有三道门，全都是紧闭的。

劳拉蹑手蹑脚地穿过宽阔的地板，轻轻地打开了其中一扇门。门里面是一个小房间，里面有个床铺。这房间也有窗户。

劳拉又打开中间那道门，不禁吃了一惊。出现在她面前的是一道陡峭的楼梯，跟门一样宽。她仰起头来，可以看见头顶上倾斜的屋顶。她向上爬了几个台阶，只见楼梯两侧各有一间阁楼，有楼下大房间的两倍那么大。每道山墙上都有一扇窗户，照亮了屋顶下的整个空间。

已经有三个房间了，但是那边还有一扇门。劳拉猜肯定是因为测量员人数众多，所以才需要这么多空间。这将是她住过的最大的房子了。

她打开了第三道门，忍不住兴奋地长声尖叫起来，肯定把凝神倾听动静的房子吓了一跳。那小房间简直像个杂货店，四面墙上都钉满了架子，架子上盛满了盘子、平底锅、水壶、盒子和罐头。每个架子下面都放着桶和箱子。

第一只桶里几乎装满了面粉。第二只桶里装的是玉米粉。第三只桶用盖子紧紧地盖了起来，上面浮着大块大块的油脂，油脂下面是棕色的卤盐水，泡着白色的猪肉。劳拉从来没有见过这么多咸猪肉。一个木箱装满了方形的苏打饼干，一个木箱装满了咸鱼干，还有一个木箱装满了苹果干。两个麻袋里盛满了土豆，另一个大麻袋里几乎装满了大豆。

爸爸的马车停在了门口。劳拉跑了出去，大叫道："哦，妈妈！快进来看呐！里面好多东西——还有一间大阁楼，玛丽！还有烤炉和饼干，苏打饼干！"

妈妈四下打量着，非常开心。"太好啦！"她说，"而且还这么干净，简单收拾下就可以住下来啦！凯莉，把扫帚拿来！"

爸爸连烤炉都不用现支了呢！他把妈妈的烤炉放在后门外面的披屋里，那有很多煤。爸爸生火的时候，劳拉她们忙着把桌子和椅子摆在了大客厅。妈妈把玛丽的摇椅摆在了靠炉门的地方。烤炉生好了，发出一阵阵热气来。妈妈和劳拉忙着拾掇房子，玛丽坐在温暖的角落里，怀里抱着格蕾丝逗弄着，免得小家伙去打扰她们。

妈妈把卧室的大床铺好，又将她自己和爸爸的衣服挂在墙上的钉子上，用床单蒙好。宽阔低矮的阁楼上，劳拉和凯莉在床架上铺好了两张床，收拾得干干净净的，一张床给凯莉睡，另一张给劳拉和玛丽睡。然后她们把自己的衣服和箱子提上楼去。她们把衣服挂在靠窗户的山墙上，又把箱子放在山墙下面。

一切收拾妥当后，她们下楼去帮妈妈准备晚饭。爸爸搬了个浅色的大装货箱进来。

"这是干什么的，查尔斯？"妈妈问道。爸爸说："这是格蕾丝的小床，带滑轮的。"

"我们正缺一张滑轮床呢！"妈妈兴奋地叫道。

"这小床四面护栏够高，可以保证格蕾丝的被子不会掉出来。"爸爸说。

"而且这小床又不是太高，白天可以推到大床底下，就像其他滑轮床那样。"妈妈说。

劳拉和妈妈为格蕾丝在装货箱里铺了一张小床，推到大床下面，到了晚上又拉出来。就这样，搬家活动大功告成啦！

晚餐非常丰盛。测量员精美的盘子把餐桌装扮得异常美丽。测量员留下的罐子里装了些小酸黄瓜腌菜，配着一起吃，让热过的烤鸭和炸土豆片尝起来更加美味可口了。一家人吃过饭后，妈妈走进食品室，拿了些东西出来。"猜猜这是什么？"妈妈说。

她在每个人面前摆上一个小盘子，盘子里放着罐头桃子和两片苏打饼干！"小小地款待大家一下，"她笑道，"庆祝我们又搬回房子里来啦！"

房子很大，铺着木地板，窗外一片漆黑，玻璃窗在灯下闪着微光。在这样一间大房子里吃东西的感觉实在太好啦！他们慢慢地，慢慢地吃完清凉爽滑的桃子，喝光甜美的金色汁水，又将汤匙舔得干干净净。

然后他们迅速将盘子收拾好，拿到旁边的食品室洗净了。他们把桌子的活动桌板折了下去，铺上红白条纹的桌布，又在桌子中央摆上了一盏明亮的油灯。妈妈抱着格蕾丝坐在摇椅里，爸爸说："气氛如此美妙，让人真想来点音乐！劳拉，把我的小提琴拿来！"

他紧了紧琴弦，把它调好，又用松香擦了擦琴弓。冬天的夜晚，爸爸为一家人拉着小提琴。他心满意足地看着大家，又看了看精美的墙壁。那墙壁让大家感到舒适愉悦。

"我得找点东西做个窗帘。"妈妈说。

爸爸将琴弓横在小提琴上，顿了顿，说道："你难道没发现吗，卡罗莱？我们东边最近的邻居离我们有六十英里，而西边的有四十英里。冬天来临以后，他们或许搬到更远的地方去了。现在这个小世界是我们的！今天我只见到一群野雁，它们飞得又高又快，也没有在任何湖面上停歇，根本没有！它们急匆匆地朝南飞去啦！我看那恐怕是今年最后一群野鸟啦！所以说，连野雁也离我们而去了呢！"

琴弓又碰到琴弦，他开始拉小提琴了。劳拉开始轻轻唱道：

> 一个寒风呼号的夜晚，
>
> 冷风吹过荒野，
>
> 年轻的玛丽带着她的孩子来了，
>
> 她徘徊在父亲的家门口，
>
> 哭喊道：爸爸，求求你让我进去！
>
> 求求你可怜可怜我，
>
> 我怀里的孩子就要冻死了！
>
> 寒风在荒野呼号，
>
> 可是爸爸听不到她的哭喊，
>
> 门内没有应答，也没有声音，
>
> 看门的狗儿却汪汪地叫唤起来，
>
> 村子里敲响了钟声，
>
> 寒风呼号——

爸爸停了下来。"这首歌不合适！"他叫道，"我在想什么呢！现在的生活值得歌唱！"

欢快的小提琴声再次响起，爸爸随着琴声唱起来。劳拉和玛丽还有凯莉也跟着唱起来：

> 我已走过一段时光，
> 遇到一点麻烦也感到慌张，
> 但是发现啊，无论身在何方，
> 都要奋力划动船桨。
>
> 我一生所求不多，
> 债务迫在眉睫我也不慌，
> 我远离争吵，在生命的大海徜徉，
> 奋力划动生命的船桨。
>
> 在尘世走这一趟，
> 记得爱你的邻居就像爱自己一样
> 永远不要皱着眉头，让眼泪流在脸上，
> 要奋力划动生命的船桨。

"我们这个冬天要像歌里唱的这样做！"爸爸说，"从前有无数次，我们都是这么做的，是不是，卡罗莱？"

"没错，查尔斯，"妈妈赞同道，"我们以前也不总是这样心情舒适的，也不像现在这样物质上很充足。"

"一切都那么舒适美好，就像小虫子躲在毛毯上一样惬意！"爸爸说，一边调整琴弦，"我把几袋燕麦堆到马厩的一头去了，这样就可以给我们的奶牛和马儿空出点地方来了。它们有的吃有的住，待在马厩里温暖又舒适。没错，我们现在拥有的一切，真值得我们感激！"

说完他又开始拉小提琴了。他一曲接一曲地演奏着，有吉格舞曲、里尔舞曲和角笛舞曲，还有进行曲。妈妈把格蕾丝放在她的小床上，关上了门。然后她懒洋洋地坐在摇椅里听爸爸演奏音乐。妈妈、玛丽和劳拉还有凯莉静静地听着，整个身心都沉浸在美妙的音乐中。没有人提起上床睡觉的事，因为这是他们搬到新房子的第一个夜晚，而且现在整个草原上就只剩下他们一户人家了，不怕吵着别人。

最后，爸爸把小提琴和琴弦一起放进了琴盒。当他盖上琴盒的盖子时，听到窗外传来了孤独凄凉的长啸声。那声音离他们非常近。

劳拉跳了起来。格蕾丝在卧室里尖声哭泣，妈妈立刻冲进去哄她。凯莉坐在那里动弹不得，面色变得苍白，眼睛也瞪得又大又圆。

"那是……那只是一只狼，凯莉。"劳拉说。

"别怕！别怕！"爸爸喊道，"不知道的还当你们以前从来没听过狼叫呢。是的，卡罗莱，马厩的门关牢了。"

16. 营地的最后一个人也走了

第二天早晨，阳光很好，但是风儿却更冷了，空气中弥漫着风暴欲来的气息。爸爸已经做完杂务回来了，正在烤炉旁暖手。妈妈和劳拉将早饭放在餐桌上。这时，她们听到一阵马车行驶的嘎嘎声。

嘎嘎声在门前停住了。驾车的人大声叫喊着，爸爸于是出去见他。透过窗户，劳拉看见他们在寒风中交谈着。

不一会儿，爸爸回来了，急匆匆地穿上大衣，戴上手套，说道："昨天夜里新搬来一位我们以前不认识的邻居。是个老人家，生病了，现在孤零零的一个人。我现在要到他那边去，回来再跟你们说。"

他说完就上了那个陌生人的马车，跟他一起走了。过了好长时间，他才步行回来。

"呵，这鬼天气，越来越冷了！"他说着，脱下大衣和手套放在椅子上，围巾也没解，就弯腰到烤炉上烤火了。"好啦，算是做了件好事。刚才驾马车来的那人是最后走的。他从吉姆河一路赶来，连鬼也没见着一个！这沿线的人都走光啦！昨天夜里摸黑赶路的时候，他看见铁路路基北面有一缕光线，便赶了过去，指望着能有个地方过夜。

116

"卡罗莱，然后他发现了一间简陋的小屋，里面有个孤零零的老人家。老人名字叫伍德沃斯，他患了肺痨，因为觉得草原上的气候可以治好他的病才来到草原的。他已经在小屋里住了整整一个夏天了，还打算在这过冬呢！

"噢，他整个人虚弱得不得了，那个驾车的人想要带他离开草原，并告诉他这是离开草原的最后的机会，但是伍德沃斯不肯走。所以驾车人一早看到我们的烟囱冒烟时，就停在门口，看看能不能找个人帮他劝劝那位老人。

"卡罗莱，他已经瘦得皮包骨头了，却顽固得要命，非要留在草原上治疗。还说这是很多医生推荐的法子，相信医生的话准不会错。"

"全世界的人都跑来草原治病。"妈妈说。

"是的，我知道，卡罗莱。千真万确，我猜这些草原几乎是唯一能治疗肺痨的办法啦！但是要是你见到他，你就明白我的意思了。卡罗莱，他实在不适合一个人待在小屋里。方圆十五英里连个人影都没有。他应该跟自己的家人待在一起。

"我跟那个驾车人不管三七二十一，把他和他的物品都装进马车啦！他太轻啦，跟凯莉差不多重。最后他自己也乐意离开草原啦！他回到东部跟自己的家人待在一起肯定舒服多啦！"

"这么冷的天坐马车，他会冻个半死的。"妈妈说着，往烤炉里添了些煤。

"他穿得很暖和，身上穿了件大衣，还裹了条毛毯，腿上还放了袋燕麦保暖。他肯定没事的。那个驾车人会好好照顾他的。"

最后一个老人跟着驾车人一起离开了草原，劳拉这才真正意识到整个地方是多么荒无人烟。要去大沼泽的话，他们得花两天时间。大沼泽和吉姆河之间，除了住在测量员房子里的他们，再没其他人。

"爸爸，今天早上你看到狼留下的脚印了吗？"劳拉问。

"看到了，好多呢，都在马厩周围。"爸爸说，"脚印还挺大的，肯定是喜欢捕猎野水牛的狼！但是马厩关得牢牢的，它们进不去。所有的鸟儿都飞到南方了，羚羊也被铁路上的工人吓跑了，所以这些狼也会离开这儿的，因为它们在这儿找不到吃的。"

早饭后，爸爸去了马厩。一做完家务，劳拉就围上围巾，也去了马厩。她想去看看狼的脚印。

她从来没见过这么大这么深的狼脚印。那些狼肯定又大又重。"野水牛狼是草原上最大的狼，具有非常猛烈的攻击力。"爸爸告诉她，"要是没带枪又碰上它可就麻烦了。"

他正在仔细地检查着马厩，看看是不是每块木板都用钉子钉牢了，又在门上另加了一道栓。"就算一道门栓坏了，还有一道可以支撑呢！"他说。

劳拉在一旁递钉子，"砰砰砰"，爸爸用锤子将钉子钉到木板上。这时候开始下雪了。风猛烈地吹着，但也只是直来直去地刮风而已，还没有像暴风雪那样四处肆虐呢。即便如此，他们还是被吹得冰冷刺骨，几乎无法交谈。

一家人待在温暖的房子里吃着晚饭，爸爸说："我真不敢相信这儿的冬天竟然如此糟糕！暴风雪好像是从明尼苏达州西部过来的。我们这偏西边，听说每向西三度等于每向南一度呢！"

吃过晚饭后，一家人围坐在温暖的烤炉旁。妈妈慢慢地摇着格蕾丝，劳拉把小提琴盒拿给爸爸。寒冬之中，快乐温馨的夜晚开始啦！

> 万岁！哥伦比亚，这片快乐的土地！
>
> （爸爸和着小提琴唱道）
>
> 万岁！英雄，你们是天之骄子！
>
> 团结！让我们紧紧团结！
>
> 为了自由而团结！
>
> 兄弟般情同手足！
>
> 去追寻和平和安全！

爸爸向玛丽望去。她正安静地坐在烤炉旁的摇椅上，睁着一双美丽而空洞的大眼睛，双手交叠着。"玛丽，你想听什么歌？"

"我想听《高原上的玛丽》，爸爸。"

爸爸轻轻地演奏起来，那曲子轻缓得像一首诗。"玛丽，跟着唱！"他说。于是大家齐声唱了起来：

> 翠绿的桦树枝繁叶茂，
>
> 开花的山楂树香飘四野，
>
> 在芬芳的树荫下，
>
> 我紧紧地拥玛丽入怀。
>
> 快乐的时光像天使的羽翼，
>
> 在我和心上人头顶转瞬飞过，
>
> 如光和生命般甜蜜的啊，

是我高原上亲爱的玛丽！

"真好听！"玛丽拖长了最后一个音符，开心地说。

"好听是好听，就是有点悲伤。"劳拉说，"我喜欢《从黑麦河上来》。"

"好，我来演奏。"爸爸说，"不过不能光我一个人唱，所有娱乐都由我一手包办，这可有点不公平啊！"

于是一家人一起欢快地唱起这首活泼轻快的歌。劳拉站起来，拎起她的裙子到脚踝处，假装在蹚过小溪。她转过脸对大家笑着唱道：

每个少女都有她的心上人呀！

没有！我才没有！她们口是心非。

可是当我蹚过黑麦河啊，

所有姑娘都对我笑眯眯！

然后爸爸的小提琴流淌出轻快活泼的音符，接着他唱道：

我是水上骑兵大队长金克斯，

我用玉米和大豆喂我的战马，

我常常费尽心思，

去追求十几岁的小妞

因为我可是水上骑兵大队长金克斯！

我是部队的大队长！

爸爸对劳拉点点头，她继续随着小提琴唱道：

> 我是麦迪逊广场的金克斯太太，
> 我有一头卷发，我衣衫华贵！
> 大队长常常掉眼泪，
> 因为他被赶出了部队！

"劳拉！"妈妈喊道，"查尔斯，你觉得这首歌适合女孩们唱吗？"

"她唱得很好啊！"爸爸说，"来吧，凯莉，你也来唱给大家听听！到这边来，跟劳拉一起，看看你俩合作如何！"

他教她们手拉着手，踏着波尔卡舞步跳起舞来。爸爸边拉小提琴边唱着歌，她们随着音乐翩翩起舞。

> 先迈出脚后跟！然后脚尖着地！
> 对啦！就是这么个跳法！
> 先迈出脚后跟！然后脚尖着地！
> 对啦！就是这么个跳法！
> 先——迈出——脚后跟——然后脚尖——着地！

爸爸的小提琴越拉越快，她们俩也越跳越快。舞步飞旋，她们一会儿向前，一会儿向后，一会儿又打了个转。她俩跳着笑着，直至气喘吁吁，大汗淋漓。

"现在，"爸爸说，"再来一段华尔兹吧！"音乐声缓缓响起，像绵延的波浪。"想象自己浮在波浪上。"爸爸对她们温柔地唱道，"想象自己浮在波浪上，缓缓滑动，轻轻起伏。"

劳拉和凯莉跳着华尔兹，四处旋转穿梭着，舞步踏遍了整个房间。格蕾丝坐在妈妈的膝头，眼睛瞪得圆溜溜的，饶有兴趣地望着她们，玛丽也静静地倾听着音乐和她们的舞步声。

"跳得太棒啦！女儿们！"爸爸说，"我们今年冬天跳舞的日子还多着呢！你们现在都长大啦，也该学学跳舞啦！你们会成为出色的舞蹈家！你们两个都会！"

"噢，爸爸，别停下来呀！"劳拉叫道。

"早该上床睡觉啦！"爸爸说，"以后有的是时间，春天来临之前我们还有好多这样的愉快舒适的夜晚呢！"

劳拉打开门，一阵冷风从楼梯迎面扑来。她手里提着点亮的提灯，匆匆迈上几步台阶，身后跟着同样急匆匆的玛丽和凯莉。楼下房间通上来的排烟管散发着一点热气，她们围在排烟管周围脱掉衣服，双手哆嗦着，把睡衣穿在法兰绒衬衣外面。她们哆哆嗦嗦地爬进冷被窝，劳拉吹灭了提灯。

黑暗中，她和玛丽紧紧抱在一起取暖，渐渐地，身上盖着的毛毯让她们稍微暖和了些。夜深了，整个房子里都充满了黑暗和寒冷。那黑暗和寒冷高远如天空，广阔似世界，除了孤独的风，再也没有别的。

"玛丽。"劳拉低声说道，"我猜那些狼已经走了。我没有听见它们的嗥叫声，你呢？"

"我也希望它们已经走了。"玛丽迷迷糊糊地答道。

17. 银湖之畔的冬天

天气越来越冷了，银湖上结冰了。雪花纷纷扬扬地飘落下来。但是雪花一落到冰面上，就被风儿吹得干干净净的，飘到了沼泽地的高草丛里，飘到湖岸边的波浪里。

整个大草原上白茫茫一片，除了随风四处飘散的雪花，什么也没有。草原沉默着，风儿的呼啸是唯一的声音。

在温暖舒适的房子里，劳拉和凯莉正在帮妈妈做家务，格蕾丝在一旁玩耍，在宽阔的大房子里跌跌撞撞地跑来跑去的。她玩儿累了就爬到玛丽的膝头，因为那是最温暖的地方，而且玛丽总是给她讲好听的故事。格蕾丝听着故事睡着啦！妈妈把她放到靠近烤炉的滑轮床上，大家也都坐下来，做些编织缝补的活，享受着午后的闲暇和舒适。

爸爸做完了杂活，去他沿大沼泽边埋下的几处陷阱查看了下，看看有没有捕到什么猎物。他把狐狸、土狼和麝鼠拿到小披屋里剥了皮，又把它们的皮铺在木板上晒干。

草原上渺无人烟，一片孤寂，只有寒风呼啸着。玛丽几乎不出门了，她喜欢坐在温暖舒适的房子里做些缝缝补补的针线活，用劳拉帮她穿好的针线缝出细密均匀的针脚。

黄昏时分，玛丽还没有收起她的针线活。她告诉劳拉说："你们看不到的时候我也能看到，因为我是用我的手指来看。"

"你的针线活可比我的漂亮多啦，任何时候都是这样。"劳拉告诉她，"你总能把针线活做得很好。"

就算劳拉也喜欢舒适的午后，边做针线活边跟大家闲聊，但是永远都无法像玛丽那样真正享受针线活的快乐。待在房子里，她常常感到焦躁不安。然后她就会从一个窗户走到另一个窗户，望着被风儿吹得在空中打旋的雪花，凝神倾听着风声。妈妈开口说道："劳拉，我真不知道你心里在想些什么。"

有太阳的时候，不管外面多冷，劳拉都会往外跑。妈妈允许她们出去的时候，她就会跟凯莉一起裹上大衣，戴上兜帽，穿上鞋子，戴上手套，围上围巾，然后跑到银湖上去溜冰。她俩手牵着手跑一会儿，然后就在黑暗光滑的冰面上溜冰啦！先伸出一只脚来，再伸出另外一只，跑几步滑几步，一会儿往前滑，一会儿往后滑。她们玩儿得不亦乐乎，累得上气不接下气，浑身暖洋洋的，开心得哈哈大笑。

外面天寒地冻，一片银装素裹，闪耀着微光。那些出去玩儿的日子实在是太开心太美好了！玩累了就回到温暖的房子，有可口的晚饭，有音乐陪伴的夜晚，大家一起唱歌跳舞，实在太开心啦！劳拉是最开心的一个。

风雪交加的一天，爸爸带回来一张宽宽的方形木板，放到烤炉旁，用铅笔在上面画了个清晰的大方块，大方块里又画了好多小方块。

"你到底在干什么啊，爸爸？"劳拉问。"等会儿你就知道啦！"

爸爸说。

他将拨火棍的棍尖在烤炉里烧得通红，小心地把小方块的四边都烧黑了。

"好奇害死猫啊，爸爸！"劳拉说。

"你看起来挺健康的呀！"爸爸说。像是故意逗劳拉似的，他坐在那里慢慢削着木头，直到削出二十四个小木头块儿来。他把一半小木块放在炽热的烤炉上，不时翻动着，直到它们烧得黑乎乎的。

然后他把所有的小木块排进木板上的小正方形里，又把木板放在腿上。

"好啦！劳拉！"他说。

"什么好啦？"劳拉问。

"这些是跳棋，这个是跳棋盘。搬张椅子过来，我来教你下跳棋。"

她学得又快又好，风雪还没停，她就能赢爸爸一局啦！不过从那以后，他们再也没有这么尽情地玩过。妈妈不大愿意玩，凯莉也不感兴趣。所以玩过一局后，爸爸总是把跳棋盘收起来。

"跳棋是个自私的游戏。"他说，"因为只有两个人才能玩儿。把我的小提琴拿来，小家伙！"

18. 银湖上的狼

皎洁的月光洒在银湖上，夜晚来临了。大地是一望无际的银白，风儿也停了。

从每个窗户望出去，都能看到外面银装素裹的世界向远处绵延着，天际是一弯弧线，闪着亮光。劳拉坐立不安，没心思做任何事。她不想玩游戏，连爸爸的小提琴都听不进去。她不想跳舞，她感觉自己只想做一点快速刺激的运动。她必须出去走走。

突然，她大叫道："凯莉！咱们去滑冰吧！"

"大晚上去吗，劳拉？"妈妈十分吃惊。

"外面亮着呐！"劳拉回道，"几乎跟白天一样。"

"没事的，卡罗莱。"爸爸说，"没什么能伤害她们的，只要她们别待得太久而着凉就行。"

妈妈嘱咐她们说："你俩可以出去小跑一会儿。别在外面待太久，防止着凉！"

劳拉和凯莉忙穿上外套，戴上兜帽和手套。她们的鞋子是新的，鞋底厚厚的。妈妈给她们织了羊毛线长袜。她们红色的法兰绒衬衣裤一直护到膝盖，又用柔软的带子绑在袜子上。她们的法兰绒连身内衣又厚又暖和，裙子和外套也是羊毛做的，兜帽和围巾也是。

一出温暖的房子，她们就冲进了寒冷的空气中。外面寒冷刺骨，冷得令人窒息。她们顺着低矮的山坡，沿着一条雪路你追我赶地跑着，一直跑到马厩里。之前爸爸已经在银湖的冰面上凿了个洞，他常牵着马儿和奶牛去银湖的冰洞饮水，所以踩出了一条小路来。她们就顺着这条小路向前走。

"我们千万不能靠近那个冰洞。"劳拉说，她带着凯莉沿着湖岸走，但是一直离湖岸远远的。过了一会儿，她们停了下来，静静地欣赏着夜色。

夜色实在是太美了，她们不由得屏住了呼吸。一轮圆圆的月亮挂在天空，皎洁的月光倾泻下来，营造出一个银白的世界。四周寂然无声，月光如水，洒满了整个世界。深夜里，平静幽深的湖面静静地躺在那里，月光在湖面照出一道月光小路来。大沼泽里的野草高高地站着，脚下堆满了残雪。

马厩低低地趴在湖岸边，看起来黑乎乎的。黑暗中，测量员的房子矗立在低矮的山坡上，窗户里透出昏黄的灯光。

"真安静啊！"凯莉低声说，"听听，多么安静！"

劳拉的心膨胀起来。她感觉自己成了这野外土地的一部分，融化在深邃的天空和皎洁的月光里。她真想展翅高飞。但是凯莉还小，她很害怕。她拉着劳拉的手说："我们去滑冰吧！快点，跑！"

她们紧紧地拉着手跑了一会儿。然后伸出右脚踩到滑溜溜的冰面上开始滑起来，可比跑快多啦！

"滑到月光小路上去！凯莉，我们到月光小路上滑冰！"劳拉喊道。

于是她们在月光小路上滑啊滑，跑啊跑，沉浸在银色的月光中。她们离湖岸越来越远，一直向对面的高岸滑去。

她们在冰面上飞快地滑着，简直要飞起来了。有时凯莉要失去平衡了，劳拉就扶她一把。而劳拉站立不稳的时候，凯莉也会伸出手稳住她。

对面的湖岸越来越近了，快滑到高岸的阴影中的时候，她们停下了。劳拉感觉到有什么东西，她不禁抬起头向岸上望去。

月光下的黑暗处，站着一头巨大的狼！

那狼也在盯着她看。风搅动它的毛发，月光似乎正在从它的毛发中钻进钻出。

"快往回走！"劳拉飞快地说，拉着凯莉，"我可以跑得比你快！"

她拼命地跑，拼命地滑，但是凯莉有点跟不上了。

"我也看见了！"凯莉气喘吁吁地说，"是狼吗？"

"别说话！"劳拉答道，"快！"

劳拉可以听见她们在冰面上跑和滑的声音。她似乎听见背后有声音，但是事实上并没有。她们不说话，一个劲地跑，一个劲地滑，一直跑到冰洞旁边。这时劳拉回头望去，但湖面上什么也没有，岸上也没有。

劳拉和凯莉不停地跑。她们跑到小山坡上，一直向房子跑去，打开后门，冲进小披屋。她们从披屋跑过，撞开前屋的门闪了进去，然后砰的一声关上了门，倚在门上大口大口地喘气。

爸爸跳了出来。"出什么事啦？"他问道，"什么把你们吓成这样？"

"是狼吗，劳拉？"凯莉喘着粗气问道。

"是狼，爸爸！"劳拉上气不接下气地说道，"是一头好大的狼！我还担心凯莉跑不快，没想到她还挺快的！"

"照我说也是！"爸爸喊道，"狼在哪呢？"

"我不知道，它跑啦！"劳拉告诉他。

妈妈帮她们把衣服帽子手套脱下来。"坐下来歇会儿！瞧你们都喘不过气啦！"她说。

"你们在哪看到狼的？"爸爸还是想知道。

"在湖岸。"凯莉说。劳拉补充道："在湖对岸。"

"你们俩怎么跑到对岸去了？"爸爸惊讶地问道，"而且看到狼后还跑了那么远的路跑回来！我没想到你们会跑那么远！足有半英里地呢！"

"我们顺着月光小路跑的！"劳拉告诉他说。爸爸不可思议地望着她。"亏你想得出！"他说，"我还以为那些狼都走了呢！是我粗心大意了！明天就去把它们杀了！"

玛丽安静地坐在那，但是她的脸色已经变得苍白。"哦，姐妹们！"她几乎是喃喃低语，"要是它抓住了你们可怎么办！"

劳拉和凯莉在休息，大家坐在那，沉默着。

荒无人烟的大草原被关在门外了，劳拉安全地待在温暖的房间里，心里很高兴。如果凯莉有个三长两短，那都是她的错，因为是她把凯莉带到湖对岸的。

但是现在没事了。她的眼前似乎又浮现出那头狼的影子，月光下，寒风吹动着它的毛发。

"爸爸。"她低声说道。

"什么事，劳拉？"爸爸问。

"我希望你找不到那头狼，爸爸。"劳拉说。

"为什么？"妈妈奇怪地问。

"因为它没有来追我们。"劳拉告诉她说，"它没来追我们。它本来可以抓到我们的。"

外面传来荒凉悠长的狼嚎声，又慢慢消失在寂静的黑夜中了。

另一匹狼嗥叫着回应它，然后归于沉默。

劳拉的胸口翻江倒海，心怦怦乱跳，几乎要蹦出来了，她双脚软绵绵的，几乎站不住。妈妈伸手托着她的胳膊，将她扶稳了，劳拉心中稍微平静下来。

"可怜的女儿！你紧张得跟个临刑的女巫似的，不过也难怪。"妈妈柔声说道。

妈妈从烤炉后面拿出一个熨斗，用布紧紧裹住，递给了凯莉。

"该睡觉了，"她说，"这个给你暖暖脚。"

"这是你的，劳拉。"她用布裹了另一个熨斗，"把它放在床中间，这样玛丽也够得着。"

劳拉将身后楼梯的门关上了。爸爸正在跟妈妈认真交谈着，但是劳拉听不见他们在说什么，因为她的耳朵嗡嗡响。

19. 爸爸发现了家宅地

第二天吃过早饭后，爸爸拿着他的枪出去了。那天整整一上午，劳拉都在留神听外面的枪声，但又不想听到。整整一上午，她都在回想那头巨大的狼，它安静地蹲在月光下，月光照在它的皮毛上，闪耀着银光。

爸爸回来晚了，大家都在等他吃午饭。等他回来，在披屋里跺掉脚上的雪时，天早就过晌了。他进了屋，把枪挂在墙上，又把帽子和外套挂在墙上的钉子上。他把手套翻过来，放在烤炉后面的绳子上烘干。然后他在凳子上的脸盆里洗脸洗手，又在脸盆上方挂着的一小块玻璃前梳理了头发和胡须。

"对不起，回来晚了，要你们等我来了才开饭，卡罗莱！"他抱歉地说道，"我跑得比我想的还要远，我本来没打算跑那么远的！"

"没关系，查尔斯。饭还热着呢！"妈妈答道，"过来吃饭了，女儿们！别让爸爸等你们！"

"你跑了多远，爸爸？"玛丽问道。

"十英里还多呢！"爸爸说，"我顺着狼留下的脚印追了过去。"

"你找到狼了吗，爸爸？"凯莉迫不及待地想知道。劳拉什么也没说。

爸爸对凯莉笑道："现在，什么也别问。我会一五一十地说给你们听的。我穿过了银湖，沿着你们那天夜里留下的脚印走。你们猜猜看，我在你们发现狼的高岸找到了什么？"

"你找到了狼！"凯莉信心十足地说。劳拉依然一言不发。她被食物噎住了，连最小的一口饭都咽不下。

"我发现了狼窝，"爸爸说，"还有我至今见过的最大的狼脚印。女儿们，昨天夜里那个狼窝里有两头巨大的野水牛狼！"

玛丽和凯莉吓得直喘气。妈妈叫道："查尔斯！"

"现在害怕也晚啦！"爸爸告诉大家，"这就是你们干的好事，女儿们！你们闯到狼窝里去啦！而且狼当时就在狼窝里！

"脚印都是新的，所有迹象都表明它们有在附近活动。那是个老窝，从身量来看，它们不是年轻的狼。我估计它们已经在那住了些年头了。但是这个冬天它们却没有住那。

"它们大约是昨天夜里从西北方向来的，直接就去了那个窝。它们就待在附近，从那个窝里进进出出的，估计一直待到今天早晨。我沿着它们的脚印追过去，发现脚印进了大沼泽，又出了草原，往西南方向去了。

"离开它们的老窝后，那些狼一刻不停地跑了。它们肩并肩，跑得很快，就好像它们已经开始长途跋涉了，而且知道自己要去哪儿。我追了它们很远，确认我开枪也打不到它们。它们跑了，永远不回来啦！"

劳拉深深地吸了口气，就像她刚才忘了呼吸似的。爸爸看了她一眼："它们跑了你很高兴是不是，劳拉？"他问。

"是的，爸爸，我很高兴！"劳拉答道，"它们根本就没追我们！"

"不错，劳拉，它们没有追你们，但是我活了一把年纪，也说不上为什么它们没追你们。"

"它们在老窝干吗呢？"妈妈好奇地问道。

"它们只是回来看看。"爸爸说，"我觉得它们是赶在铁路路基修好之前，羚羊还没走的时候，回来看看自己的老窝。或许最后一只野水牛被猎人杀死之前，它们曾经住在那儿。野水牛狼曾经到处都是，现在就是附近也剩下没多少啦！因为修铁路，不断有人来定居，狼群被赶到更西边去了。如果说我对野生动物的脚印还有点了解的话，那么我敢肯定，那两头狼直接从西部来，现在又径直回西部了。它们回来就是为了在老窝住上一晚。我也说不准这是不是我在附近一带见过的最后两头野水牛狼。"

"哦，爸爸，那些狼真可怜！"劳拉哀伤地说道。

"还是可怜可怜我们自己吧！"妈妈轻快地说，"可怜的事多了！用不着可怜那些野兽的感受！谢天谢地，昨天夜里它们只是吓了你们一下而已，没有做出别的伤害你们的事！"

"还有别的事呢，卡罗莱！"爸爸宣布，"我还有些别的新发现！我找到安家的家宅地啦！"

"噢，什么地方，爸爸！那地方什么样？距离这里有多远？"玛丽和劳拉还有凯莉十分兴奋，七嘴八舌地问道。妈妈叫道："太好啦！查尔斯！"

爸爸把盘子往里一推，端起杯子开始喝茶。他擦了擦胡子，说道："我们的新家宅地各方面都很好。它就在银湖跟大沼泽交汇处的南边，沼泽绕了个弯，从它西边流过。大沼泽南边的草原上有个隆起的山坡，在那里盖房子再好不过啦！沼泽的西边有座小山，那里有一大片是干草遍布的高地，南边是一片耕地，是个放牧的好地方，那里有一个农民想要的一切。而且靠镇上很近，女儿们可以去上学啦！"

"我真高兴，查尔斯！"妈妈说。

"是件高兴的事！"爸爸说，"我已经在这一带找了好几个月啦，从来没发现比那更适合我们的地方！那块地一直静静地躺在那呢！要不是因为这次去追赶那些狼追到了湖对面，又沿着大沼泽一路追过去，我很可能根本就找不到那呢！"

"要是你去年秋天就申请登记就好了！"妈妈担心地说。

"这个冬天没人找到那的！"爸爸信心十足，"我来年春天就到布鲁斯金申请登记，一定赶在其他人前面！"

20. 快乐的圣诞夜

大雪已经下了整整一天了。鹅毛般的雪花还在纷纷扬扬地飘落。风儿很微弱，所以地上积了厚厚的一层雪。傍晚出去做杂务的时候，爸爸随手带了一把铁铲。

"哈哈，是个白色的圣诞节！"他说。

"是啊，我们一家人待在一起，平平安安的，所以说这是个快乐的圣诞！"妈妈说。

测量员的房子藏着各种秘密。玛丽织了一双温暖的新袜子，作为爸爸的圣诞礼物。劳拉用她从妈妈的碎布袋里翻出来的丝绸为爸爸做了个领结。在阁楼上，她和凯莉用以前在小屋住时当帘子用的印花棉布为妈妈做了一条围裙。在碎布袋里，她们还找到了一块精美的白色平纹细布。劳拉从上面剪下一个小方块，玛丽悄悄地用她灵巧的针线活给妈妈做了一块手帕。她们把手帕放在围裙的口袋里，然后用棉纸把围裙包起来，藏在玛丽的一个装被套的盒子里面。

家里还有一条红绿竖条纹的毛毯。毛毯已经磨损了，但是带条纹的两头还是好的，妈妈从毛毯上剪下两块布料，给玛丽做睡鞋。劳拉做了一只，凯莉也做了一只。她们把针脚缝得细密工整，最后还用细绳和纱线做了流苏。然后她们把睡鞋小心地藏在妈妈的卧室里，防止玛丽找到它们。

劳拉和玛丽想为凯莉做一副手套，但是她们没有足够的纱线。家里有点白色的纱线，也有点红色的纱线，还有点蓝色的纱线，但是无论哪种颜色的纱线都不够做手套的。

"我知道啦！"玛丽说，"手掌手背用白色纱线，手腕用红色和蓝色纱线，做成条纹状的！"每天早晨，趁着凯莉还没起床，劳拉和玛丽就紧赶慢赶地给她织手套。一听到凯莉下楼的声音，她们赶紧把手套藏在玛丽的针线篮里。现在，手套终于做好啦！

格蕾丝的圣诞礼物是所有礼物中最漂亮的。在温暖的房间里，大家齐心协力地给格蕾丝准备礼物，也不避开她，因为她太小啦，什么都不知道！

妈妈小心翼翼地取出天鹅绒，剪下一小块用来做兜帽。天鹅绒实在太精美纤弱了，妈妈不放心任何人碰它。她亲自一针一线地给格蕾丝缝制兜帽。但是她让劳拉和凯莉把碎布包里的蓝色丝绸碎布拼到一起，给兜帽缝了个里衬。妈妈把里衬缝到兜帽里，这样就不容易扯坏啦！

然后妈妈又在碎布包里找了找，选了一大块柔软的蓝色羊毛布料，那曾经是她最好的冬装。她用这块羊毛布料裁了一件小外套。劳拉和凯莉把剪裁好的布料缝在一起，又熨烫了一番。玛丽在下摆的边缘加上了精致的锁边。然后妈妈给这件小外套缝上了一个柔软的天鹅绒领子，又在袖口也缝上了天鹅绒。

这件蓝色的小外套镶上了白色的天鹅绒边，还配了别致的蓝色天鹅绒兜帽，那兜帽的里衬也是蓝色的，像格蕾丝的蓝色大眼睛一样，美丽极了。

"就像给洋娃娃做衣服一样！"劳拉说。

"穿上这衣服，格蕾丝肯定比任何洋娃娃都漂亮可爱！"玛丽断言。

"哇，我们现在就给她穿上吧！"凯莉叫道，高兴得手舞足蹈。

但是妈妈说，衣服和帽子必须收起来，到圣诞节才能拿出来。于是大家都盼着圣诞节赶快来！

爸爸出去打猎了。他说他打算打一只最大的长腿大野兔给大家做圣诞午餐。而且他真的打到啦！至少他带了一只大家见过的最大的兔子回家。兔子被剥皮洗净，放在披屋里冻着，等明天烤着吃。

爸爸从马厩回来，在门口跺掉脚上的雪。他将掉了胡子上的冰碴，张开双手在烤炉上烤火。

"哇！"他感叹道，"这个圣诞夜可真冷！圣诞老人都冻得不敢出门啦！"他说着，对凯莉眨眨眼。

"我们不需要圣诞老人！我们已经……"话一出口，凯莉赶紧用手捂住嘴巴，飞快地向劳拉和玛丽看了一眼，看看她们是否注意到她几乎泄露了秘密。

爸爸转过身对着烤炉，让背也暖和暖和。他高高兴兴地望着女儿们。

"不管怎么说，大家都舒舒服服地待在屋里呢！"他说，"艾伦、山姆和大卫现在也是又暖和又舒服，我给它们多喂了些饲料，因为圣诞夜嘛！这个圣诞夜很开心很愉快，是不是，卡罗莱？"

"是啊，查尔斯！"妈妈高兴地说。她把一碗热乎乎的玉米糊端上桌，又倒了些牛奶。"来吧，吃饭啦！热乎乎的晚饭比什么都更能让你暖和起来，查尔斯！"

一家人一边吃晚饭，一边谈论着以往的圣诞节。他们已经一起度过了那么多圣诞节，现在又在过圣诞了，而且一家人待在一起，温暖舒适，开开心心地吃着丰盛的晚饭。楼上劳拉的箱子里还躺着夏洛蒂布娃娃，那是她在大木林过圣诞节时收到的礼物。在印第安保留地收到的锡茶杯和一分钱的硬币现在已经不见了，但是劳拉和玛丽依然记得爱德华先生，他步行四十英里走到独立镇，又走回去，就是为了给她们送圣诞老人的礼物。自从爱德华先生独自一人去了格里斯河定居以后，她们再也没有听说过他的消息。她们好想知道他现在这么样了。

"不管他在哪里，我们都祝愿他像我们一样幸运！"爸爸说。不管他在哪里，她们都永远记得他，并希望他幸福快乐。

"爸爸，你现在好好的就在我们面前。"劳拉说，"你没有在暴风雪中走丢。"一家人都沉默地盯着爸爸，看了好一会儿，想起那个可怕的圣诞节。那个圣诞节，爸爸很晚了还没回家，她们以为他永远都不会回来了。

妈妈的眼里噙满了眼泪。她想要掩饰一下，但是最后只能伸手擦掉了。大家都假装没看到。"真是谢天谢地！查尔斯！"妈妈边说边吸了吸鼻子。

爸爸突然大笑起来。"那次真是老天爷跟我开玩笑呢！三天三夜没吃饭，差点饿死，只靠牡蛎饼干和圣诞糖果充饥！我一直待在我们自己的小溪岸边，谁知道离家只有不到一百米！"

"我觉得最好的圣诞节是有'主日学校圣诞树'的那一次！"玛丽说，"凯莉，你那时小，还不记事呢！但是那次圣诞节真的是太美妙了！"

"不如这个圣诞好！"劳拉说，"因为现在凯莉长大了，能记事啦！而且现在我们还有了格蕾丝。"凯莉也好好的，那只狼没有伤害她。而且现在妈妈的膝头坐着最小的妹妹格蕾丝，她头发的颜色像阳光，眼睛像紫罗兰。

"没错，这是最好的圣诞！"玛丽说，"或许明年这会建一所主日学校呢！"

玉米糊吃完了。爸爸把他碗里的最后一滴牛奶喝干净后，开始喝茶。"嗯，"他说，"我们不可能有圣诞树，因为银湖附近连个灌木丛都没有。而且这里就我们一户人家，没人拜访，也用不着圣诞树。但是我们可以举办我们自己的小小主日学校庆祝会，玛丽！"

他过去取装小提琴的盒子。妈妈和劳拉把碗和茶壶洗干净收了起来。爸爸调好小提琴的琴弦，在上面擦了些松香。

窗玻璃上结满了霜花，就连门缝里也满是霜花。明净的玻璃窗外，鹅毛般的大雪纷纷扬扬地飘落下来。红白相间的桌布上放着一盏明亮的油灯，烤炉里的火焰熊熊燃烧着，发出一阵阵热浪来。

"咱们刚吃完饭，不能马上唱歌。"爸爸说，"我先拉拉小提琴热热场。"

他愉快地演奏起《俄亥俄顺流而下》和《为何钟声如此愉悦》，又演奏了一首圣诞歌曲：

> 叮叮当，叮叮当，
>
> 铃儿响叮当，
>
> 今晚滑雪多快乐，
>
> 我们坐在雪橇上！

他停下来，对大家笑道："现在你们准备好唱歌了吗？"

小提琴的曲调变了，开始演奏一首赞美诗。爸爸拉一小段音符，大家便齐声唱起来：

> 是的，明亮的清晨正要破晓，
>
> 美好的日子即将来临。
>
> 全世界都将醒来，
>
> 沐浴在崭新金黄的拂晓。
>
> 无数民族都将齐聚一堂，
>
> 高声欢呼，
>
> 来吧，攀上主的高山，
>
> 主会教导我们，遵守他的道，
>
> 我们要沿着他的道路前进！

小提琴的乐声变得有些散乱，爸爸似乎沉浸在自己的思绪中。但是不一会儿，美妙的音符又从琴弦中流淌出来，轻柔地跳动着。大家齐声唱起来：

太阳能够温暖小草的生命，

露珠可以滋润枯萎的花朵；

双眼变得明亮，

看得见金秋第一缕光；

但是温柔的话语，

和真诚的微笑，

比夏日更温暖，

比露珠更闪亮！

世界上美妙的艺术繁不胜数，

带给我们的却寥寥无多，

黄金和宝石无法满足我们的心灵；

但是如果人们簇拥在圣坛和炉火前啊，

就会变得和声细语，笑脸盈盈。

世界将会多么美丽！

音乐还在继续，玛丽却大声叫起来："什么声音？"

"怎么了，玛丽？"爸爸问。

"我猜我听到了什么……你听！"玛丽说。

大家都竖起耳朵仔细听着。油灯发出噗噗的声音，烤炉里的煤燃烧着，偶尔发出噼啪声。透过结满白色霜花的玻璃窗，只见外面大雪纷纷扬扬地飘落下来，雪花闪着银光，与室内的灯光交相辉映着。

"玛丽，你觉得自己听到什么了？"爸爸问。

"听起来像是……快听，又来了！"

这次大家都听到了喊叫声。漆黑的夜晚，暴风雪中，有个男人在喊叫。他又喊叫起来，听声音就在房子附近。

妈妈猛然站起身来："查尔斯！谁在那儿叫唤？"

21. 圣诞节前夜

　　爸爸将小提琴放进琴盒，迅速地打开了前门。冷风立刻夹着雪花扑了进来。这时又响起了沙哑的叫声。"喂——，英格斯！"

　　"是博斯特！"爸爸叫了起来，"快进来！快进来！"他抓起大衣和帽子，急急忙忙地穿戴上，随即冲进了寒风暴雪中。

　　"他肯定快冻僵啦！"妈妈叫道。她赶紧又往烤炉里添了些煤块。门外传来他们的说话声和博斯特的笑声。

　　门开了，爸爸喊道："这位是博斯特太太，卡罗莱！我跟博斯特先去把马儿拴好！"

　　博斯特太太用大衣和毛毯把自己裹得严严实实的。妈妈忙帮她把身上裹着的毛毯一层层解下来。"快到烤炉旁！你肯定冻坏啦！"

　　"哦，没有！"博斯特太太愉快地答道，"马儿身上暖乎乎的，坐在上面很舒服。罗伯特又用毛毯把我裹得严严实实的，根本没冻着我。他甚至还帮我牵马，所以我的手也没露在外面呢！"

　　"头巾也结冰啦！"妈妈说着，从博斯特太太头上解下结满冰碴的羊毛头巾。博斯特太太的脸露了出来，还裹着带毛边的帽子。她看

143

起来比玛丽大不了多少。她的头发是棕褐色的，看起来十分柔软，睫毛长长的，忽闪着一双蓝色的大眼睛。

"你们这一路都是骑马过来的吗，博斯特太太？"妈妈问她。

"哦，不是。只有两英里是骑马的，其他时间我们坐雪橇！但是我们路过一个沼泽地的时候却陷进去啦！我们的马儿和雪橇全都陷进雪地里啦！"她说，"罗伯特把马儿拉出来了，但是雪橇只好扔在那啦！"

"明白。"妈妈说，"沼泽地里的积雪堆得太高，把草丛都盖住了，让你们不知道沼泽地在哪儿了，但是草丛又承受不住多少重量！"她帮博斯特太太脱掉大衣。

"博斯特太太，到我椅子上坐！这是最暖和的地方啦！"玛丽催促她说。但是博斯特太太说她坐在玛丽旁边就好了。

爸爸和博斯特先生走到披屋里，把脚上沾着的积雪跺掉。博斯特先生放声大笑起来，一屋子的人也都笑起来，连妈妈也笑啦！

"我也不知道为什么，"劳拉对博斯特太太说，"我们甚至不知道他们在说什么笑话，但是只要博斯特先生一笑……"

博斯特太太也在大笑着。"笑声会传染的。"她笑着说道。劳拉望着她那双充满笑意的蓝色大眼睛，不禁想，这个圣诞节一定会充满欢笑。

妈妈正在调面粉做饼干。"你好啊，博斯特先生，"她说，"你跟博斯特太太肯定饿坏啦！不过晚餐马上就好！"

劳拉把几块鲜猪肉放在平底锅里，煮到五分熟，妈妈把饼干放进烤炉里烤着。然后妈妈把猪肉沥干，裹上面粉，放在油锅里煎好。劳拉把土豆削皮，然后切成薄片。

"我会把土豆片炸一下。"妈妈在食品室低声说道，"再做点牛奶肉汁，泡壶新茶。食物是没有什么问题，问题是礼物怎么办呢？"

劳拉没想过这个问题。他们没有礼物给博斯特先生和太太。妈妈急匆匆地从食品室出来炸土豆片，并调制肉汁。劳拉开始往餐桌上摆餐具。

"我还从来没吃过这么美味的晚餐呢！"吃饭的时候，博斯特太太说。

"我们没想到你们赶在春天前就来啦！"爸爸说，"大冬天赶路来这里，实在是太辛苦啦！"

"这我们也知道，"博斯特先生答道，"不过我跟你说，英格斯，到了春天，所有人都往西部跑！整个爱荷华州的人都跑来啦！我们得赶在大部队前头，不然我们的家宅地可能被人占了！所以我们就赶过来啦！也顾不上天气好坏了！你真应该在去年秋天就申请一块家宅地。来年春天，你可能得赶快找块地，不然都被别人抢光啦！"

爸爸妈妈神色严肃，互相望了望对方。他们都想到了爸爸已经找到的那块地。但是妈妈只是说："时候不早了，博斯特太太一定累了吧！"

"我是累啦！"博斯特太太说，"这一路赶来已经很辛苦了！谁知道还要丢掉雪橇，骑着马儿在暴风雪中赶路呢！看到你们房中的灯光我们实在太高兴啦！我们走近后，听到你们在唱歌。你都不知道你们唱得有多好！"

"你带着博斯特太太去卧室睡吧，卡罗莱。我跟博斯特先生在烤炉边打地铺对付一晚上。"爸爸说，"咱们再唱一首歌，然后女孩儿们就去睡觉吧！"

他从琴盒中拿出小提琴，调好了音。"博斯特，你们想听什么歌？"

"就唱《所有人圣诞快乐》吧！"博斯特先生说。他的男高音和着爸爸的男低音，博斯特太太柔和的女低音、劳拉和玛丽的女高音都跟着唱起来，妈妈的女低音也加入啦！凯莉也用稚嫩的高音欢快地唱了起来：

> 圣诞快乐！快乐！
> 各处的人儿，圣诞快乐！
> 圣诞的芬芳随风飘荡！
> 为什么我们如此欢畅？
> 还要把感恩的歌儿来唱？
> 因为看见正义的太阳，
> 照耀得大地一片光亮！
>
> 那光亮照耀疲惫的流浪汉前行，
> 那光亮抚慰被压迫者的心灵，
> 主将引领他的信徒，
> 抵达永久的安宁！

"晚安！晚安！"他们互相说着晚安。妈妈上楼去拿凯莉的铺盖，打算给爸爸和博斯特先生用。"他的毛毯都湿透了，潮乎乎的。"她说，"你们三个今晚就睡一张床吧！"

"妈，圣诞礼物怎么办啊？"劳拉低声说。

"别担心，我会搞定的！"妈妈低声答道。"现在，赶紧睡觉吧，女孩儿们！"她大声说道，"晚安！睡个好觉！"

博斯特太太在楼下柔声唱着："那光亮照耀疲惫的流浪汉前行……"

22.圣诞快乐

劳拉听到关门的声音,爸爸和博斯特先生一大早就出去做杂务了。她冒着严寒,哆哆嗦嗦地穿好衣服,急匆匆地跑下楼帮妈妈准备早餐。

但是她发现博斯特太太已经在帮妈妈了。烤炉里的火焰熊熊燃烧着,屋里很温暖。浅锅里煎着玉米面糊饼。茶壶里烧着水,餐桌也摆好了。

"圣诞快乐!"妈妈和博斯特太太一同说道。

"圣诞快乐!"劳拉答道,但是眼睛却盯着餐桌看。像往常一样,每个餐位上都用盘子扣着刀叉。但是不同的是,每个盘底上都放着一个包装盒,有大有小,有的用彩色的棉纸包着,有的用普通的包装纸包着,每个包装盒上都系着彩色的丝带。

"你瞧,劳拉,我们昨天夜里没有把袜子挂起来。"妈妈说,"所以我们打算吃早饭的时候拆礼物!"

劳拉回到楼上,把餐桌上的情形告诉玛丽和凯莉。"除了她自己的那份,妈妈知道我们把礼物都藏在哪儿啦!"她叫道,"现在那些礼物都在餐桌上呢!"

"但是我们不能拿那些礼物啊！"玛丽哀叹着，"因为我们没有给博斯特先生和太太准备礼物！"

"妈妈会搞定的！"劳拉答道，"她昨天晚上告诉我的。"

"她怎么搞定啊？"玛丽问道，"我们根本不知道他们会来！我们没有任何东西可以当礼物送给他们！"

"妈妈什么事都摆得平！"劳拉说。她从玛丽的箱子里拿出给妈妈的礼物，别在身后，跟玛丽和凯莉一起下楼去。凯莉站在劳拉和妈妈中间，劳拉飞快地把手上的包装盒放在了妈妈的盘子上。博斯特太太的盘子上有个小包装盒，博斯特先生盘子上也有一个。

"噢！我简直等不及了！"凯莉低呼一声，纤细的双手紧紧交握着。她尖尖的瓜子脸非常白皙，眼睛又大又亮。

"不行，你忍耐一下。大家都要再等等呢！"劳拉说。格蕾丝一点儿也不着急，因为她太小了，没注意到餐桌上的圣诞礼物。但是就连格蕾丝也十分兴奋激动，玛丽几乎快抱不住她啦！

"圣诞快乐！圣诞快乐！"格蕾丝咿咿呀呀地喊着，身子不停地扭来扭去。一挣开玛丽的怀抱，她就跑起来，一边大喊大叫着。妈妈跑过来，柔声告诉她，乖宝宝要安静，不要大吵大闹的。

"快过来！格蕾丝！你瞧外面！"凯莉喊道。她把窗玻璃上的霜花擦干净了，露出一块明亮的玻璃。她们站在窗口，扭头向窗外望着。最后，凯莉终于喊道："他们回来啦！"

爸爸和博斯特先生在披屋里大声跺掉鞋子上的积雪，然后进屋来了。

"圣诞快乐！圣诞快乐！"大家大声说道。

格蕾丝跑到妈妈身后，扯着她的裙子不放，从裙子后面探出头来，悄悄地打量着陌生人。爸爸把她抱起来，向空中抛去又接住，就像抛小时候的劳拉一样。格蕾丝也像劳拉小时候一样尖叫笑闹着。劳拉不得不提醒自己已经是个大女孩儿了，不然她也会放声大笑起来的。温暖舒适的房子里，大家欢聚一堂，厨房传来一阵阵食物的香气，大家都开心极了。结满霜花的玻璃窗闪烁着银光。等到大家都坐在餐桌旁时，东面的窗户变成了金色的，门外寂静的大草原一片银装素裹，洒满了金色的阳光。

"你先拆，博斯特太太。"妈妈说，因为博斯特太太是客人。于是博斯特太太拆开了她的包装盒。里面是一条带钩织花边的绿色手帕。劳拉认得那手帕，那是妈妈最好的手帕，只有做礼拜的时候才舍得用。博斯特太太十分开心，没想到自己会收到礼物。

博斯特先生也是。他的礼物是一副腕套，上面有红灰条纹。他戴着正合适。那是妈妈为爸爸织的腕套。不过她可以再织一副给爸爸，而客人却必须有礼物才行。

爸爸说他收到的新袜子正是他所需要的，因为下雪天实在太冷，脚都冻透啦！他非常喜欢劳拉为他做的领结。"吃完早饭我就把它戴上！"他说，"圣诞节了，我可得好好打扮一番！"

妈妈拆开包装盒，发现里面是一条精美的围裙时，每个人都欢呼起来！她立刻把围裙穿在身上，站起来让大家看看。她看看围裙的褶边，对着凯莉开心地笑了。"褶边缝得可真美啊，凯莉！"她笑着说道。然后她又笑着对劳拉说："劳拉的密褶也非常匀称，针脚也很细密。真是一条漂亮的围裙！"

"妈妈，还有呢！"凯莉喊道，"你看看口袋里是什么！"

妈妈从围裙口袋里掏出了那方手帕。她又惊又喜，开心极了！今天早上，她刚把做礼拜用的最好的手帕送给了别人，现在马上又收到了另外一条，就好像这一切是精心计划好了似的。当然谁也没有事先计划。但是这事当然不能说给博斯特太太知道。妈妈只是望着手帕细密的褶边，开心地说："这个手帕也很漂亮！谢谢你，玛丽！"

然后大家一起欣赏玛丽的睡鞋，啧啧称赞，感慨居然能用破旧的毛毯做出这么好看的睡鞋来。博斯特太太说，以后等她的毛毯破旧了，她也用它做些睡鞋来穿。

凯莉戴上了她的手套，轻轻地拍着双手。"我的国庆手套！噢，快瞧，我的国庆手套！"她说。原来她的手套的颜色看起来跟国旗的颜色很像呢！

劳拉也拆开了她的包装盒。里面是条围裙，跟妈妈的一样，也是用印花棉布做的，不过比妈妈的那条小多啦，而且还带两个口袋。围裙还滚上了荷叶边。妈妈从帘子上剪下一块布，凯莉用它缝了条围裙，玛丽给滚上了荷叶边。劳拉和妈妈谁也不知道，原来两人都用旧帘子给对方做了条围裙！而玛丽和凯莉要为两边都保守秘密，简直快憋坏啦！

"哦，谢谢你们！谢谢你们所有人！"劳拉说，用手抚摸着精美的白色印花棉布，上面还散落着很多红色的小花呢！"荷叶边的针脚这么细密精美，玛丽！我真是太感谢你啦！"

最精彩的一刻终于来临了！在大家的注视下，妈妈把那件小小的蓝色大衣穿在格蕾丝身上，又为她整了整天鹅绒衣领。她用那顶可爱的天鹅绒兜帽罩住了格蕾丝金色的头发。兜帽里露出一点蓝色的丝绸里衬来，衬托得格蕾丝蓝色的大眼睛更加美丽啦！格蕾丝摸了摸小手腕上毛茸茸的天鹅绒，挥了挥小手，咯咯笑了起来。

她看起来是那么漂亮，那么可爱，那么开心，身上色彩缤纷，有蓝色，有白色，还有金黄色。这个小小的人儿活泼生动，咯咯笑着，大家怎么看也看不够。但是妈妈不想她得到太多关注，以免惯坏了她。所以不一会儿，她就哄得格蕾丝安静下来，脱掉她的大衣和兜帽，放在了卧室里。

劳拉的盘子旁边还有一个包装盒，而且她发现玛丽和凯莉还有格蕾丝的盘子旁边也各有一个。她们一起拆开了盒子，发现一块粉色的粗棉布，里面包了一包糖果。

"是圣诞糖果！"凯莉叫道。"圣诞糖果！"劳拉和玛丽几乎同时喊道。

"这哪来的圣诞糖果啊？"玛丽问道。

"为什么这么问呢？难道圣诞夜圣诞老人没来咱们这吗？"爸爸反问道。然后，她们几乎异口同声地叫道："哦！博斯特先生！谢谢你！谢谢你们，博斯特先生，博斯特太太！"

之后劳拉把所有的包装纸都收了起来，然后帮妈妈把一大盘金黄色的玉米饼和一盘热乎乎的饼干端上餐桌，又端上一碟炸土豆片，一碗鲟鱼肉汁，还有满满一碟苹果沙司。

"真抱歉，我们没有黄油！"妈妈说，"我们的奶牛产奶不多，所以我们没做黄油。"

但是鲟鱼肉汁配着玉米饼和土豆片吃正好。而且没有什么比热乎乎的饼干和苹果沙司更美味啦！这样的圣诞节早餐一年只有一次呢！而且还有一顿圣诞节午餐等着他们！

早饭后，爸爸和博斯特先生骑马去沼泽地找博斯特太太的雪橇。他们带了两把铲子，把积雪铲到一边，好让马儿把雪橇从沼泽地里拉出来。

玛丽坐在摇椅里，把格蕾丝抱在膝头。凯莉正在铺床、打扫卫生。妈妈、劳拉和博斯特太太系上围裙，挽起袖子，把一堆盘子碟碗洗净了，又开始准备午餐。

博斯特太太非常有趣，她对一切都怀有兴趣，十分热切地向妈妈学习如何把家里打理得井井有条。

"你没有足够的牛奶来做酸乳时，是怎么做出这么美味可口的饼干的，劳拉？"她问道。

"没什么难的，用点发面就可以啦！"劳拉说。

博斯特太太竟然从来没有用发面做过饼干！教她做饼干可太有意思啦！劳拉用杯子量了几杯发面，放进苏打、盐和面粉，在面板上揉了一会儿，做出饼干的形状来。

"但是发面是怎么弄的呀？"博斯特太太问。

"首先，"妈妈说，"往罐子里放一些面粉，再加些温水，等着它们发酵。"

"然后，用的时候呢，记得每次留一点面团，"劳拉说，"把饼干面团的碎屑放进罐子里，就是这样，再加点温水。"劳拉加了些温水，"把罐子盖起来。"她在罐口蒙了块干净的布，用盘子扣上。"还要把罐子放在温暖的地方。"她把罐子放在靠烤炉的架子上，"什么时候想用就什么时候用。"

"我从来没吃过这么好吃的饼干!"博斯特太太说。

因为有博斯特太太这样有趣的客人,那天早晨,时间过得特别快,一眨眼就过去啦!爸爸和博斯特先生带着雪橇回来的时候,午餐几乎已经准备好了。烤炉里的长腿大野兔已经渐渐地烤成黄褐色了。锅里煮着土豆,烤炉后面的咖啡壶嘟嘟冒着热气。屋里充满了热面包和咖啡的香气。进屋的时候,爸爸使劲闻了闻。

"别担心,查尔斯!"妈妈说,"你闻着像咖啡,其实壶里煮的是给你喝的茶!"

"很好!这么冷的天,喝点热茶是再好不过啦!"爸爸告诉她说。

劳拉在桌上铺了块雪白的桌布,又在桌子中央放了一个装糖的玻璃碗,一个装满了奶油的玻璃罐,还放了一个盛汤匙的玻璃筒,里面立着几把银汤匙。凯莉在桌子上摆好了刀叉,给每个玻璃杯倒满水。劳拉把一摞盘子放在爸爸的座位前,高高兴兴地给每个座位前摆上了一只玻璃碟子,里面装着金色的果汁浸泡的罐头桃子。餐桌看起来漂亮极啦!

爸爸和博斯特先生已经梳洗好了。妈妈把最后一只空盆和平底锅放在食品室,过来帮劳拉和博斯特太太把最后一个碟子端上桌。她和劳拉飞快地脱下干活时穿的围裙,换上了圣诞节围裙。

"过来吧!"妈妈说,"午餐好啦!"

"来吧,博斯特!"爸爸说,"坐下来,尽情享用吧!别客气!"

爸爸面前是一个大盘子,里面躺着那只大烤兔,塞在烤兔肚子里一起烤的面包和洋葱填料,一堆一堆地摆在烤兔周围,热气腾腾的,散发出一阵阵香气。餐桌一端的盘子里，堆着高高的土豆泥，另一端放了一个大碗，里面是油汪汪的棕黄色的肉汁。

餐桌上还有几大盘热气腾腾的玉米饼，以及几盘热乎乎的小饼干，还有一碟腌黄瓜。

妈妈给每个人倒上浓郁的咖啡和芬芳的茶。爸爸给每个人的盘子里分了些烤兔肉、调料、土豆泥和肉汁。

"这是我们第一次在圣诞节吃长腿大野兔呢！"爸爸说，"以前我们住的地方有很多长腿大野兔，它们太常见了，我们天天吃。圣诞节的时候我们吃野生的火鸡。"

"是啊，查尔斯！以前我们吃的最多的就是长腿大野兔呢！"妈妈说，"那时候在印第安保留地，可没有测量员的食品室给我们用，也吃不上腌黄瓜和桃子罐头！"

"这是我吃过的最美味的兔肉！"博斯特太太说，"肉汁的味道也好极啦！"

"饥饿是最好的调料。"妈妈温和地说。但是博斯特太太说："我知道为什么烤兔这么好吃！因为英格斯太太在烤它的时候放了几片薄薄的咸猪肉！"

"没错，是放了点咸猪肉呢！"妈妈赞同道，"我猜那样确实可以让兔肉更香！"

吃完第一盘食物后，大家又都来了第二盘。吃完之后，爸爸和博斯特先生又来了第三盘。玛丽、劳拉和凯莉也都添了些食物，但是妈妈只取了些填料，博斯特太太又吃了块饼干。"我吃饱啦！再也吃不下去啦！"她说。

爸爸又拿起叉子的时候，妈妈警告他说："留点肚子吃别的吧，查尔斯！博斯特先生，你也是！"

"你没说还有别的好吃的啊？"爸爸说。

妈妈走进食品室，端出一盘苹果派来。

"苹果派！"爸爸叫道。"苹果派！"博斯特先生也叫道，"上帝啊！早知道还有好吃的没拿出来，我就留点肚子啦！"

大家每人吃了一个苹果派。爸爸和博斯特先生把剩下的一个分了。

"我真没想到能吃到这么美味的圣诞午餐！"博斯特先生心满意足，深深地叹了口气。

"哦，"爸爸说，"在这吃圣诞午餐，我们可是开了先河呢！这顿圣诞午餐这么棒，我真是高兴极了！要不了多久，就会有很多人在这欢庆圣诞，我想他们肯定会做出更精美更讲究的圣诞午餐，但是能不能像我们今天这样吃得心满意足，可就不好说啦！"

又过了一会儿，爸爸和博斯特先生不情不愿地站起身来，妈妈开始收拾桌子。"盘子我来洗，"她对劳拉说，"你快去帮博斯特太太安顿下来。"

劳拉和博斯特太太穿上大衣，戴上帽子，又围上围巾，戴上手套出去了。外面银光闪闪，寒冷刺骨。她们开心地笑着，踏着积雪，深一脚浅一脚地来到一间小房子附近。那是测量员的办公室。门口是爸爸和博斯特先生，他们正忙着把雪橇上的东西卸下来。

那间小房子没有铺地板，空间很小，只摆得下一张双人床。靠门的角落里，爸爸和博斯特先生正在支烤炉。劳拉帮着博斯特太太把羽绒床铺和被子拿进屋，又帮着她一起铺床。她们靠窗摆了张桌子，正对着烤炉，又往桌子下面推了两把椅子。博斯特太太的箱子塞在桌子和床之间，还可以当凳子坐。烤炉上面有个架子，旁边放了个盒子，用来盛盘子。这样，房间里剩下来的空间勉强可以开门。

"好啦！"收拾妥当后，爸爸舒了口气，"现在你们算是安顿下来啦！到我们那边去吧！这里太挤了，都盛不下我们四个人啦！我们那边地方大，算是咱们的'总部'吧，哈哈！来下盘跳棋怎么样，博斯特？"

"你们先走，"博斯特太太说，"我跟劳拉一会儿就去。"

他们走后，博斯特太太从盘子底下拿出一只鼓鼓的大纸袋。"给你一个惊喜！"她告诉劳拉，"爆米花！罗伯特还不知道我带了爆米花来呢！"

她们把大纸袋偷偷带到劳拉家，藏到了食品室，并悄悄告诉了妈妈。就在爸爸和博斯特先生不亦乐乎地下着跳棋的时候，她们悄悄地往铁锅里放点脂肪，又撒了把去壳的玉米。嘭的一声，玉米炸开了！爸爸听到声响，飞快地四处张望着。

"爆米花！"他叫了起来，"我好久没吃爆米花啦！我要是早知道你带了爆米花来的话，博斯特，我早拿出来吃啦！"

"我没带爆米花来啊！"博斯特说。然后他马上叫了出来："妮儿！你个淘气鬼！"

"你俩下你们的跳棋吧！"博斯特太太说道。她对着博斯特先生眨了眨蓝色的大眼睛，开心地笑了起来："你俩这么忙，哪还顾得上理我们呢！"

"是啊，查尔斯，"妈妈也说，"别让我们扰了你们下棋的雅兴！"

"我已经把你打败了，博斯特！"爸爸说。

"没有，还没呢！"博斯特先生争辩道。

妈妈把雪白的爆米花从铁锅里舀出来，放到牛奶锅里。劳拉小心地撒上盐。她们又炸了一锅，牛奶锅里快盛不下啦！玛丽、劳拉和凯莉每人得了一盘爆米花。那爆米花脆生生、香喷喷，好吃极啦！爸爸妈妈、博斯特先生和太太围着牛奶锅坐着，边吃爆米花边聊天，不时开心地放声大笑。一直到做杂务和吃晚饭的时间，大家才停下来。晚饭后，爸爸又拉起了小提琴。美好的一天就这么过去了。

"圣诞节越来越开心了，"劳拉心想，"我猜这是因为我正在一天天长大吧！"

23. 快乐的冬日

圣诞节的欢乐气氛持续了好几天。每天早晨，博斯特太太都迅速做早餐。吃过饭后，她收拾好桌子洗好盘子，就赶忙跑到劳拉家里。用她的话说，就是跟"其他小女孩儿"一起玩耍。

她总是高高兴兴的，对一切都充满了兴趣。她人非常好，面色明艳，头发柔软，一双大眼睛会笑，给大家带来很多欢乐。

那是出太阳的第一周。阳光非常明媚，风儿也停了。太阳晒了六天，积雪都融化了。大草原看起来光秃秃的，一片棕褐色。草原的空气像牛奶一样温暖。博斯特太太做好了新年午餐。

"请你们全家来我的小地方挤一挤，大家聚聚吧！"她说。

她让劳拉帮她搬东西。她们把桌子放在床上，又把门打开。然后他们把桌子放在房间的正中央。桌子的一角几乎碰到烤炉了，另一端也快抵着床了。不过房间里还有点空，大家都挤进来，靠着桌子的一端一顺排坐下了。博斯特太太靠烤炉坐着，把热炉上的食物分到大家面前。

最先上来的是一大碗牡蛎汤。劳拉长这么大没喝过这么鲜美的汤。

那牡蛎汤香气四溢，浮着奶油油花，上面还撒了胡椒粉。黑色的小牡蛎沉到了碗底。她用汤匙舀了一口汤，慢慢地小口啜着，又用舌头搅动着，尽情地享受汤汁的鲜美。

配着汤喝的，还有一种小小的、圆圆的牡蛎饼干。这种牡蛎小饼干看起来像玩偶饼干，它们尝起来更鲜美，因为它们又轻又小。

大家喝光了最后一滴汤，分掉了最后的小饼干，把它们嘎吱嘎吱嚼碎了。这时候博斯特太太又给大家端上了蜂蜜饼干，还有干树莓沙司。接下来她又端上了一大浅盘香脆的咸爆米花。爆米花之前一直在烤炉后面热着呢！

这就是大家的新年午餐。它有点儿简单，但是大家吃得很饱。它甚至还有点时髦呢，因为它是那么的新奇、与众不同，博斯特太太那么讲究地用精美可爱的盘子来盛它，还铺上了崭新的桌布！

吃完饭后，他们坐在小房子里开心地聊天。温暖和煦的风从门外吹进来，褐色的大草原绵延到远方，直到和湛蓝的天际连接在一起。

"我从来没吃过这么甜的蜂蜜，博斯特太太！"爸爸说，"你大老远地从爱荷华州带过来，我真是太高兴啦！"

"牡蛎汤也好极了！"妈妈说，"我从来没受过这么好的款待呢！"

"这给1880年开了个好头！"爸爸高兴地说，"七十年代也不差，但是八十年代一定会更好！如果达科他州的冬天都这么过的话，那咱们来到西部真是太幸运啦！"

"这真是个好地方！"博斯特先生赞同道，"我很高兴我已经申请到了一百六十英亩的土地，我真希望你也赶紧申请一块地，英格斯！"

"一周之内我就会去申请的。"爸爸说，"我一直在等布鲁斯金的土地局开门，这样就省得我花一个星期往雅克顿来回跑啦！听说布鲁斯金土地局新年第一天就会开门！天啊！现在天气这么好，我明天就动身！当然要卡罗莱同意才行。"

"我同意，查尔斯。"妈妈轻声说。她的眼睛和整个面庞都发出欣喜的光，因为从现在开始，过不了多久，他们就会有自己的家宅地啦！

"就这么定啦！"爸爸说，"也不是说太晚会出什么岔子，但是早安顿下来早好！"

"越快越好，英格斯！"博斯特先生说，"我跟你说，你都想象不到今年春天得有多少人涌到西部来呢！"

"哦，没人会赶在我前头的！"爸爸答道，"太阳出来之前就动身，我应该明早天一亮就赶到土地局啦！所以如果你们谁有信想寄到爱荷华州，赶快写好，我给你们带到布鲁斯金邮寄。"

新年午餐就这么结束啦！那天下午，博斯特太太和妈妈一直在写信。写完信后，妈妈又为爸爸准备午饭，让他第二天带着路上吃。但是黄昏时分，刮起了大风，还下起了大雪。霜花又爬上了窗玻璃。

"这鬼天气哪儿也不能去！"爸爸说，"别担心家宅地的事，卡罗莱。我会申请到的！"

"是的，查尔斯。我知道你会的。"妈妈说。

风雪交加的天气里，爸爸拿出他捕兽器的绳索整理一番，又把兽皮撑开来晾着。博斯特先生从亨利湖的灌木丛中拖回一些灌木，劈碎了当煤烧，因为家里没有煤。博斯特太太每天都来串门。

外面太阳好的时候,她和劳拉还有凯莉三个人会裹得严严实实的,跑到外面的雪地里玩儿。她们一起摔跤,一起跑步,还一起扔雪球打雪仗。有一天她们还堆了个雪人。她们三个手牵着手在雪地里奔跑,还一起到银湖上滑冰。那是劳拉欢笑最多的一段日子。

一天下午,她们在银湖上滑完了冰,累得大汗淋淋、气喘吁吁,回到家里的时候,天色已经很晚了。博斯特太太说:"劳拉,到我家里来一下吧!"

劳拉跟她去了她家里。博斯特太太拿出一大摞报纸,那是她从爱荷华带来的《纽约纪事报》。

"能拿多少拿多少!"她说,"看完了还回来,再拿些新的去读!"

劳拉抱着一大摞报纸飞快地跑回家去了。她冲进家门,把报纸放到玛丽的腿上。

"快看,玛丽!看我给你带什么来啦!"她叫道,"故事!这些全都是故事!"

"哦,快点去做晚饭,这样我们就可以读故事啦!"玛丽急切地说。但是妈妈却说:"别管家务事啦,劳拉!快读个故事给我们听听!"

所以妈妈和凯莉做晚饭的时候,劳拉开始给大家读了一个精彩的故事。故事里有一群小矮人和住在山洞里的强盗,还有一个在山洞里迷路的漂亮姑娘。在故事最精彩的地方,劳拉突然发现了"未完待续"四个字,然后就没了。

"哎呀,我的天哪!我们永远都不知道那个姑娘发生什么事了!"玛丽哀叹道,"劳拉,你说他们为什么只登故事的一部分啊?"

"对啊,为什么啊,妈妈?"劳拉问。

"不会只登一部分的。"妈妈说，"看看下一期的报纸。"

劳拉一期期地找下去。"哦，在这！"她叫道，"还有更多呢！——这还有——整堆报纸都有这个故事呢！全都在这啦，玛丽！这里写着'完'。"

"是个连载故事。"妈妈说。劳拉和玛丽以前从来没有听说过连载故事，但是妈妈听过。

"哦，"玛丽心满意足地说，"明天我们可以再读一段啦！我们每天都可以读上一段，这样故事会显得更长呢！"

"我的女儿们可真聪明！"妈妈说。所以劳拉没有说她会尽快地把故事读完。她把报纸小心地收了起来。她每天都给大家读一段故事，大家每天都想知道那位漂亮姑娘到底又有什么新的奇遇。

风雪交加的日子里，博斯特太太会把她的针线活和编织活带到劳拉家里来做。大家一起听劳拉读故事，一起聊天，日子过得特别开心。一天博斯特太太跟她们谈起了陈设架。她说在爱荷华州，人人都在做陈设架。她会教她们怎么做陈设架。

于是她告诉爸爸怎么做架子。架子要做成三个角的，这样就可以靠墙角放了。他做了五个架子，架子的尺寸依次减小，最大的放在下面，最小的放在上面，每层架子都用窄木条固定好。陈设架做好之后，放在屋子的一角正好，三条腿站得很牢固，高度也正好，妈妈可以轻易地够到最上面一层。

然后博斯特太太用纸板给每层架子剪了个帘子，挂了上去。她把最底部的纸板剪成了扇形，中间剪了个大扇形，两边剪了个小扇形。这样一来，纸板和扇形也像架子一样，尺寸依次减小，底部的最大，上面的最小。

接下来，博斯特太太教她们怎么用包装纸裁出一个个小正方形，再折叠好。她们把每个正方形对角折叠，然后再对折，最后压平。几十个正方形都折好了，博斯特太太教劳拉怎么把它们对角朝下，一排排密密地缝在纸板上。每一排都要盖住下面的一排，每个对角都要位于下面一排的两个对角之间，而且每一排都要沿着扇形的弧线来缝。

他们一边在温暖舒适的房子里干活，一边讲故事，唱歌，聊天。妈妈和博斯特太太谈论最多的就是宅基地的事。博斯特有足够多的种子，够种两个花园的，她说她会分一半给妈妈，因此妈妈就不必为种子的事犯愁啦！小镇建好之后，或许有种子卖，但是也可能没的卖。为防万一，博斯特太太从她爱荷华的朋友的花园里带了一些过来。

"等我们安顿下来，我真该好好谢谢你！"妈妈说，"这将是我们最后一次搬家。在我们离开明尼苏达州之前，英格斯先生就答应我啦！我的女儿们会去学校读书，会过上文明的生活！"

劳拉也不知道自己是否想要安顿下来。等她上学后，她将来就不得不当教师，但是她想干点别的事。眼下她不想思考，她想唱歌。于是她轻轻地哼着歌，以免打扰大家聊天。妈妈、博斯特太太、玛丽和凯莉也时不时地跟着她哼两句。博斯特太太教了她们两首新歌。劳拉喜欢《吉卜赛人的忠告》：

> 不要相信他，温柔的姑娘，
> 就算他的声音低沉而甜蜜，
> 就算他跪在你面前，

在你的脚下柔声祈求，

姑娘啊，千万不要理他！

你的生活才刚刚开始，

不要让乌云蒙上阴影，

你就听吉卜赛人的忠告吧，

温柔的姑娘，

千万不要理他！

另一首新歌叫《当我二十一岁，妮儿，你才十七》，是博斯特先生最喜欢的歌。他遇见博斯特太太的时候只有二十一岁，而她那时正好是十七岁。她的真名叫埃莉，但是博斯特先生喜欢叫她妮儿。

最后，五个纸板上都整整齐齐地缝上了一排排的方形纸角，除了最上面一层的上端，没有露出任何针脚。然后博斯特太太在这些针脚上面缝了一个宽宽的棕色纸条，然后又把纸条折起来，盖住了那些针脚。

最后，他们用大头针把每个纸板钉到各自的架子上，又把缝满纸角的扇形纸板挂了上去。然后爸爸开始小心翼翼地给整个陈设架上漆，又把所有的纸角漆成明艳的深棕色。油漆干了以后，他们把陈设架放在玛丽椅子后面的墙角。

"这就是陈设架啦！"爸爸说。

"是啊，"妈妈说，"真漂亮，不是吗？"

"做工真不错！"爸爸说。

"博斯特太太说这在爱荷华很流行呢！"她告诉他说。

"哦，是否流行她应该知道。"爸爸同意妈妈的说法，"但是对你来说，爱荷华没有什么特别好的东西，卡罗莱。"

最好的时光在晚饭后。每天晚上爸爸都要拉小提琴。现在博斯特先生和太太美妙的声音也加入了歌唱。爸爸欢快地拉着小提琴，一边唱道：

当我还是个年轻的单身汉，
我能赚上一点小钱。
那时候世界对我来说真美好，
那时候！
世界对我来说真美好！

后来我娶了一位妻子，
后来！后来！
我娶了一位妻子，
后来！
我娶了一位妻子，
她是我快乐的源泉！
世界对我来说真美好！

因为这首歌里的这位妻子后来被发现根本不是一位好妻子，所以爸爸从来不唱剩下的部分。他冲妈妈眨眨眼睛，和着活泼悠扬的音乐继续唱道：

她会做樱桃饼,

比利小子! 比利小子!

她会做樱桃饼,

羡煞旁人的比利!

她会做樱桃饼,

眼睛还眨巴眨巴

但她还是个小女孩儿,

一步也离不开她的妈妈!

音乐变得欢快活泼,只有爸爸和博斯特先生两个人唱道:

我把赌注押在那头短尾巴母驴身上,

你把赌注押在那头灰色母驴身上!

即使只是歌词,妈妈也不赞成赌博,但是爸爸演奏的时候,她依然情不自禁地用脚尖打着拍子。

之后的每个晚上,大家都要唱会儿歌。博斯特先生先用男高音唱《三只瞎老鼠》,接着博斯特太太用女低音跟着唱《三只瞎老鼠》,之后就是爸爸用男低音加入唱《三只瞎老鼠》,然后是劳拉的女高音、妈妈的女低音,再然后玛丽和凯莉也跟着唱起来。博斯特先生唱到歌曲的最后,来不及歇一口气,又重头唱了起来,然后大家都一个接一个地跟着唱,把整首歌唱了一遍又一遍:

三只瞎老鼠！三只瞎老鼠！

它们跟在农夫妻子的身后！

她用切肉刀一下子剁断了它们的尾巴！

你可曾听过这个故事，

讲的是三只瞎老鼠？

大家一遍又一遍地唱着，直到不知是谁忍不住放声大笑，搅得大家笑成一团，才草草结束。然后爸爸又拉了几首老歌。他说："让这几首歌伴随大家入眠吧！"

妮莉是位淑女，她昨晚去世了。

哦，为可爱的妮莉敲响钟声吧

我年迈的——弗吉尼亚新娘！

还有一首是这样的：

哦，你还记得甜美的爱丽丝吗，本恩·博尔特？

有一双褐色眼睛的爱丽丝，

你若向她微笑，她会喜极而泣，

你若对他皱眉，她会发抖战栗？

还有一首是这样的：

常常在静谧的深夜，

我已沉沉入睡，

甜蜜的旧日时光，

又萦绕在心间。

劳拉从来没有这么开心过。大家齐声唱这首歌时，是她最快乐的
时候：

邦尼杜恩的河岸和斜坡啊，

你为何开满了绚烂美丽的鲜花？

小鸟儿啊，你为何欢快地高歌？

而我却忧心忡忡，愁绪满怀？

24.奥尔登牧师

一个星期天晚上，爸爸的小提琴正在演奏一首礼拜歌曲，大家随着音乐尽情歌唱着：

"当我们在舒适的家中欢聚一堂，

唱起欢乐的歌，

我们可曾停下想一想，

那孤独的流浪汉泪流似长河？

让我们伸出手——"

这时，小提琴突然停下了。门外有人接着他们的调子响亮地唱道：

"帮助那些虚弱疲劳的人，

让我们伸出手来帮助朝圣路上的人。"

小提琴声戛然而止，爸爸把它扔在桌子上，匆忙向门口跑去。寒风猛地冲了进来，门在爸爸身后砰的一声关上了。门外有人在高声讲话。接着门又猛地开了，两个身上落满了积雪的人蹒跚地走了进来。爸爸在他们身后说："我去帮你们把马儿拴上，一会儿就回来。"

其中一个男人又高又瘦，他的帽子和围巾之间露出一双蓝色和善的眼睛。劳拉见了，不禁尖叫起来："奥尔登牧师！是奥尔登牧师！"

"可不是嘛！是奥尔登牧师！"妈妈也激动地喊道，"你怎么来啦！奥尔登牧师！"

他脱下了帽子，现在大家都能看清他那双令人愉快的眼睛和深棕色的头发了。

"见到你太好啦！奥尔登牧师！"妈妈说，"快过来烤烤火！真是个惊喜呢！"

"我比你还要惊喜呢，英格斯姊妹！"奥尔登牧师说，"自从你们在梅溪定居后，咱们就分离了，没想到你们来西部啦！我那些可爱的小女孩儿们也长成大姑娘啦！"

劳拉一句话也插不上，再见到奥尔登牧师的喜悦让她有些哽咽啦！但是玛丽礼貌地说："先生，很高兴再次见到你！"因为喜悦，玛丽的脸庞焕发出迷人的光彩，只是她的眼睛却空洞洞的，把奥尔登牧师吓了一跳。他飞快地看了妈妈一眼，又看了看玛丽。

"这是博斯特先生和太太，我们的邻居，奥尔登牧师。"妈妈说。

奥尔登牧师说："我们赶着马车过来的时候，听到你们都在唱着动听的歌呢！"博斯特先生说："你唱得也很不错呢，先生！"

"啊，我没唱。"奥尔登牧师说，"唱歌的是这位斯科蒂先生。我太冷啦，没心思唱歌。不过他的红头发倒是让他很暖和呢！斯图亚特牧师，他们是我的老朋友，这些是他们的朋友，所以咱们大家都是朋友啦！"

斯图亚特牧师非常年轻，不过是个大男孩。他的头发是火红色的，脸也冻得通红，眼睛是明亮的灰色。

"摆好餐桌，劳拉。"妈妈说着，系上了围裙。博斯特太太也系上了围裙。她们开始忙碌起来。她们把烤炉里的火拨亮，又煮了一壶水泡茶，还做了些饼干，又炸了些土豆片。她们忙着准备晚餐的时候，客人站在烤炉旁烤火，博斯特先生陪着他们说话。

爸爸从马厩回来了，又带了两个男人来。他们是马儿的主人，也准备在吉姆河附近找块家宅地定居下来。

劳拉听见奥尔登牧师说："我们两个只是路过这里。我们听说吉姆河有块家宅地，是小休伦的小镇。国内布道会派我们到那查看一下，我们打算在那建一间教堂。"

"我猜当时铁路路基上标出了一块地用来建小镇。"爸爸说，"但是除了一间酒吧之外，我没听说有别的建筑啊！"

"那我们就更应该在那建一家教堂啦！"奥尔登牧师欢快地说道。

等那些赶路的人吃过晚饭后，奥尔登牧师走到食品间门口。妈妈和劳拉正在洗盘子。他为妈妈招待他们吃晚餐向妈妈表达谢意，然后他说："英格斯姊妹，玛丽遭受了苦难，我实在是很难过！"

"是啊，奥尔登牧师。"妈妈悲伤地答道，"有时候上帝的旨意很难不顺从啊！住在梅溪的时候，我们都患上了猩红热，那段日子可真是艰难啊！我很高兴我的孩子们都挺过来啦。玛丽对我来说真是个安慰，奥尔登牧师，她从来都没有抱怨过。"

"玛丽是个难得的好女孩儿，值得我们大家学习。"奥尔登牧师说，"我们必须记住，上帝磨炼那些他所爱的人，而勇敢的灵魂到最后都会否极泰来！不晓得你和英格斯兄弟知不知道有些盲人学校是专门接收盲人的，爱荷华州就有一所。"

妈妈紧紧抓住洗盘子用的盆，她的脸色苍白，把劳拉吓了一跳。她温柔的声音有些哽咽了，焦急地问道："得花多少钱？"

"我不知道，英格斯姊妹。"奥尔登牧师答道，"如果你愿意的话，我帮你打听打听。"

妈妈咽了口唾沫，继续洗盘子。她说："我交不起学费。但是，或许不久之后——如果学费不是太贵的话，我们过阵子可以想想办法。我一直想让玛丽接受教育。"

劳拉的心扑通扑通跳得厉害，简直快跳到嗓子眼了。她脑海中一时千头万绪，自己也不知道在想什么。

"我们必须相信，一切事情，上帝都会做出最好的安排。"奥尔登牧师说，"等你们洗完盘子，我们大家一起做个祷告好吗？"

"好的，奥尔登牧师，我十分乐意。"妈妈说，"相信大家也都愿意。"

所有盘子都洗完后，妈妈和劳拉洗过手，解下围裙，又理了理自己的头发。奥尔登牧师和玛丽正在热烈地聊天，博斯特太太抱着格蕾丝，而博斯特先生和那两个拓荒者正在跟斯图亚特和爸爸聊天。爸爸说，领到家宅地后，他打算把草地翻一翻，然后种上小麦和燕麦。妈妈进来后，奥尔登牧师站了起来，提议大家在睡觉前一起做个祷告，洗涤一下自己的心灵。

大家全都在椅子旁跪了下来。奥尔登祈求懂得他们的心灵和隐秘想法的上帝，在天上向下看看他们，宽恕他们的一切罪过，帮助他们走上正途。他祷告的时候，屋里悄无声息，一片静谧。劳拉感觉自己就像干旱中的一株小草，炎热、干枯，身上满是尘土，而那静谧就像是一场温柔滋润的雨，轻轻地洒落在她身上，让她整个人精神大振。现在一切都变得简单了，她感觉自己浑身清爽有劲。她决心努力工作，毫无保留地付出，这样玛丽就可以去上学了。

博斯特先生和太太向奥尔登牧师表达了谢意，然后回家去了。劳拉和凯莉把格蕾丝的小滑轮床搬到楼下。妈妈把小床靠烤炉放好。

"我们只有一张床，"妈妈抱歉地说，"而且我恐怕被子也不够。"

"别担心，英格斯姊妹。"奥尔登牧师说，"我们盖自己的大衣好了。"

"我们肯定会睡得很舒服的。"斯图亚特牧师说，"而且很高兴你们一家人也都在这里。要不是看到你们屋里的灯光，又听到你们唱歌的声音，我们还以为自己得一路赶到休伦镇，中间没得休息呢！"

楼上，劳拉帮凯莉摸黑解开衣服的扣子。她把热熨斗塞进被窝，放在玛丽脚旁边。她们三个人钻进冷冰冰的被窝，紧紧地挤在一起取暖。这时她们听见爸爸和赶路的两个人还在围着烤炉聊天，并不时地放声大笑。

"劳拉，"玛丽低声说，"奥尔登牧师告诉我有专门为盲人开设的学校。"

"什么？盲人学校？"凯莉低声问道。

"学校，"劳拉低声说，"可以在那接受教育。"

"盲人怎么上学？"凯莉问，"我还以为受教育就是你得读书，学习呢！"

　　"我不知道，"玛丽说，"不管怎么说，我去不了。学费肯定很贵。我可不敢奢望自己有机会受教育。"

　　"妈妈也知道盲人学校的事。"劳拉轻声说，"奥尔登牧师也告诉她了。或许你能去呢，玛丽，我真心希望你能接受教育。"她深吸一口气，保证道，"我会刻苦学习，这样我就可以到学校教书了，就可以帮助你了。"

　　第二天早晨，赶路人的说话声和洗盘子的嘈杂声把她吵醒了。她跳下床，穿上衣服，急忙跑到楼下去帮妈妈干活。

　　户外天寒地冻的，空气却很新鲜。阳光照在结满霜花的窗玻璃上，发出金灿灿的光芒。屋里每个人都喜洋洋的，非常欢快。客人们简直太喜欢这顿早餐啦！他们对吃的每一样食物都赞不绝口。饼干酥脆可口，炸土豆片金灿灿的，一片片的切得非常均匀精巧，棕色的肉汁油汪汪的，尝起来爽滑香醇。还有热气腾腾的棕色糖浆和清香四溢的热茶。

　　"这肉可真好吃！"斯图亚特牧师说，"我知道是咸猪肉，但是我从来没吃过这么好吃的咸猪肉，你能告诉我你是怎么做的吗，英格斯姊妹？"

　　妈妈很惊讶，奥尔登牧师解释道："斯图亚特会留在教区，我只是过来帮他开个头罢啦！以后他一个人住，得自己做饭。"

　　"你知道怎么做饭吗，斯图亚特牧师？"妈妈问。他说他打算边做边学。他已经把大豆、面粉、盐、茶和咸猪肉等都带来啦！

"咸肉的做法很简单。"妈妈说，"把它切成薄片，放到开水里焯一下，就是用水煮一下，再把水倒掉。把肉片放到面粉里滚一下，炸到棕色酥脆时出锅，放到大盘子里，再撒上一点盐。把锅里的油脂倒一些出来，留着当黄油用。把锅里炸肉片时落下的面粉炸成金黄色，倒入牛奶，边煮边搅拌，直到把肉汁做好。"

"能帮我写下来吗？"斯图亚特牧师说，"放多少面粉，多少牛奶？"

"天呐！"妈妈惊叫道，"我从来没有量过！但是我想我可以试试。"她拿来一张纸、一支珍珠笔杆的笔和墨水瓶，写下了炸咸猪肉、肉汁、发面饼干和大豆汤还有烤豆子的做法。劳拉快速把桌子收拾干净，凯莉跑去叫博斯特先生和太太过来参加布道会。

周一早上做礼拜看起来有点奇怪，不过客人们马上就要动身去休伦镇了，没人想错过这个听他们讲道的机会。

爸爸拉起了小提琴，大家一起唱赞美歌。斯图亚特牧师把妈妈的菜谱装在口袋里，带领大家做了一个简短的祷告，祈求上帝指引大家前进的方向。然后奥尔登牧师开始给大家布道。之后，爸爸的小提琴声变得欢快甜蜜起来，大家一起唱道：

> 在遥远的地方，
> 有一片快乐的土地，
> 那的圣徒站在荣光里，
> 那荣光辉耀如同白日，
> 听天使为主唱颂歌，

哦，我们的王啊……

马儿和马车都备好了，奥尔登牧师说："你们已经完成了这个新小镇上的第一个礼拜。春天的时候，我会回来组建一个教堂。"然后他又对玛丽、劳拉和凯莉说道："我们还会建一所主日学校！下个圣诞节，你们就可以帮着布置圣诞树啦！"

说完，他爬上马车走了，留下她们站在原地，满怀着对教堂和主日学校的期盼。她们裹着大衣，披着披肩，围着围巾，站在那，目送着马车朝西渐渐远去了。马车越行越远，在罕无人迹的雪地里留下两道深深的车轮印。清冷明亮的阳光洒向大地，白雪皑皑的世界在阳光的照耀下微微闪烁着，发出万道银光。

"哦，"博斯特太太嘴上围着一层围巾，说道，"能在这做第一个礼拜实在是太好啦！"

"这即将兴建的小镇叫什么名字？"凯莉问道。

"还没名字呢，对吧，爸爸？"劳拉问。

"有名字，"爸爸答道，"叫迪斯梅特镇，是以很早以前来这里拓荒的法国传教士的名字命名的。"

他们回到了温暖的房子。"那可怜的大男孩多半会把自己身体搞垮的，"妈妈说，"自己一个人住，还得学着自己做饭。"她说的是斯图亚特牧师。

"他是苏格兰人。"爸爸说，就好像苏格兰人就能一个人活得很好似的。

"我跟你说什么来着，英格斯？我说春天会有很多人涌来，现在看来没错吧?"博斯特先生说,"现在已经来了两个了,而三月还没到呢!"

"我也蛮震惊的,"爸爸说,"无论下雨还是晴天,我明天一早都要去布鲁斯金。"

25.拓荒者蜂拥而至的春天

"今晚不唱歌啦！"那天晚上，爸爸在饭桌上说，"早睡早起，后天就去申请家宅地。"

"那我就开心啦，查尔斯！"妈妈说。经过昨晚和今早的喧嚣，房子又恢复了平静。晚饭后的家务都做完了，格蕾丝在滑轮床里睡着了，妈妈正在为爸爸装午餐，好让他在去布鲁斯金的路上吃。

"听！"玛丽说，"我听见有人在说话！"

劳拉将脸贴在窗户上，双手遮住灯光，向外望去，只见雪地里有一匹黑马，拉着坐满了人的马车。其中一人又喊了一声，另一个人跳到了雪地上。爸爸走出去，迎上去和他们站在那交谈着。然后爸爸进了屋，从身后关上了门。

"有五个人，卡罗莱。"他说，"都是些陌生人，他们正在往休伦镇赶。"

"家里没地方给他们住。"妈妈说。

"卡罗莱，我们今晚得让他们在这住一晚。他们实在没别的地方可去，一路饿着肚子什么也没吃。他们的马儿已经累得走不动啦，而且他们还是初来乍到的生手！如果他们今天夜里还要赶路去休伦镇的话，一定会在大草原上迷路的，还有可能被冻死！"

妈妈叹了口气："好吧，查尔斯，你看着办吧！"

于是妈妈开始给那五个陌生人做晚饭。屋子里充斥着他们沉重的靴子声和高谈阔论声。他们把铺盖堆在烤炉旁，打算在楼下睡觉。晚饭后，盘子还没洗完，妈妈就把双手从洗盘子的水中抽出来，悄悄说道："上床睡觉了，女儿们！"

还不到睡觉的时间，但是她们知道妈妈的意思，她不许她们在楼下跟陌生人待在一起。凯莉跟着玛丽上楼去了。但是妈妈把劳拉拽了回来，往她手里塞了一根结实的木棍。"把它推进门闩上面的凹槽里。"妈妈说，"推牢点，木棍就放在那。这样就没人能提起门闩开门啦！你们把门锁紧了，明天早上我喊你们的时候，你们才能下楼！"

第二天早上，太阳已经老高了，劳拉、玛丽和凯莉还躺在床上没起。她们听见楼下陌生人说话的声音，还有吃早餐时盘子的碰撞声。

"妈妈说要等她喊我们才能下楼。"劳拉坚持听妈妈的话。

"我真希望他们已经走了！"凯莉说，"我不喜欢陌生人！"

"我也不喜欢！妈妈也不喜欢！"劳拉说，"他们离动身还早呐，因为他们是生手。"

最后他们终于走了。午饭的时候，爸爸说他明天一早就动身去布鲁斯金。"要去就得早点出发，"他说，"要一天的路程呢！要是等太阳出来再走，就得在冰天雪地里过夜啦，这可不划算！"

那天晚上来了更多的陌生人。第二天晚上来的陌生人更多了。妈妈说："上帝可怜可怜我们吧！我们就不能一家人安安静静地过一晚上吗？"

"我也没办法啊，卡罗莱！"爸爸说，"我们不能把这些人拒之门外，因为他们没有别的地方可去啊！"

"我们可以收费，查尔斯！"妈妈坚定地说。

爸爸不想因为向陌生人提供住处和食物而收费，但是他知道妈妈是对的。所以他收一个人或一匹马一顿饭二十五美分，住一晚二十五美分。

从那以后，晚饭后再也没有欢声笑语，也没人唱歌了，愉快的夜晚一去不返了。每天都有越来越多的陌生人挤在餐桌旁吃饭。每天晚上吃过饭，一洗好盘子，劳拉、玛丽和凯莉就不得不上楼，紧紧地闩好门。

那些陌生人有的来自爱荷华州，有的来自俄亥俄州，有的来自伊利诺斯州，有的来自密歇根州，有的来自威斯康星州，有的来自明尼苏达州，甚至还有从纽约州和福蒙特州大老远赶来的。他们正赶往休伦镇或皮埃尔堡甚至是更远的西部，到那去寻找家宅地。

一天早晨，劳拉坐在床上听楼下的动静。"奇怪了，爸爸去哪儿啦？"她说，"我没听见爸爸的声音，说话的是博斯特先生。"

"或许他出去找家宅地了！"玛丽猜测道。

最后一辆坐满人的马车离开后，妈妈喊女孩儿们下楼。她说太阳还没升起爸爸就出发了。"他也不想把我们留下来跟这些乱糟糟的陌生人待在一起。"她说，"但是他不得不走啊。再不抓紧的话，咱们的家宅地就要被别人给占了！我们没想到三月还没到，就有这么多人从四面八方赶过来了！"

这是三月的第一周。门开着，空气中洋溢着春天的气息。

"三月来如绵羊，去似猛狮。"妈妈说，"女孩儿们，过来吧！有活儿让你们干。让我们在赶路人来之前把屋子收拾好吧！"

"我希望爸爸回来之前，不要有任何陌生人住进来！"劳拉边跟凯莉一起洗堆得老高的一摞盘子，一边说道。

"但愿吧！"凯莉满怀希望地说。

"爸爸不在家的时候，博斯特先生会过来照看我们的。"妈妈说，"爸爸临走前让博斯特先生和太太住在这。他们睡在卧室，格蕾丝和我到楼上跟你们一起睡。"

博斯特太太也过来帮忙。那天她们把整个房子都打扫了一遍，还把几张床都移了地方。做完这一切后，大家都累坏啦！太阳快落山的时候，她们看见一辆马车正从东边驶过来。马车上坐了五个人。

博斯特先生帮他们把马儿拴在马厩。博斯特太太帮着妈妈为他们做晚饭。他们还没吃完，又来了一辆马车，车上有四个人。劳拉将桌子收拾干净，洗好了盘子，为后来的四个人把晚饭端上桌。在他们吃饭的当儿，第三辆马车来了，带来了六个人。

为了避开人群，玛丽到楼上去了。卧室的门紧闭着，凯莉唱着歌哄格蕾丝入睡。劳拉把桌子清理干净，又开始洗盘子。

"这一切简直糟糕透了！"在食品室碰到博斯特太太的时候，劳拉向她抱怨道，"楼下地板上根本睡不开十五个人，我们得在披屋里打几个地铺。他们得用自己的长袍、毛毯和大衣打地铺啦！"

"罗伯特会解决的，我会跟他说的。"博斯特太太说，"天哪，可怜可怜我吧，那边是又来了一辆马车吗？"

劳拉又得洗盘子收拾桌子了。屋子里挤满了陌生人，陌生的眼睛、陌生的声音、笨重的大衣，还有满是泥泞的靴子，她简直都没法从他们中间走过了。

终于，他们都吃饱了饭，最后一摞的盘子也洗过了。妈妈怀里抱着格蕾丝，跟在劳拉和凯莉身后上楼去了。妈妈把门紧紧地闩上。玛丽正在床上睡觉，劳拉衣服还没脱，就已经累得睁不开眼了。但是她刚一躺下，就被楼下的吵闹声惊醒了。

楼下有人在高声说话，还有嗒嗒嗒走路的声音。妈妈坐了起来，凝神听着楼下的动静。但是楼下卧室里很安静，所以博斯特先生肯定觉得那嘈杂声不是什么大事。但是嘈杂声更大了。有的时候几乎静下来了，但是突然又爆发出一阵声响，简直震得房子都摇晃起来了。劳拉猛地坐起来："妈妈，什么声音？"

妈妈的声音很低，但是听起来竟像是比楼下所有声音加在一起还大。"安静点，劳拉！"她说，"快躺下！"

劳拉觉得自己睡不着。她太累了，但是楼下的嘈杂声折磨着她，让她无法入睡。不知过了多久，劳拉终于迷迷糊糊睡着了，但是马上又被一阵剧烈的声响惊醒了。妈妈说："没事的，劳拉。有博斯特先生在呢！"劳拉又睡着了。

第二天早上，妈妈轻轻地把她摇醒了，低声说道："起来，劳拉！该做早餐啦！让她们再多睡一会儿！"

她们一起下楼。博斯特先生已经把地铺收起来了。赶路的人们头发乱糟糟的，双眼红红的，一边打哈欠，一边穿上靴子和大衣。妈妈和博斯特太太急匆匆地准备着早餐。餐桌太小了，盘子也不够用，所以劳拉让他们分三批吃饭，而她则洗了三次盘子。最后，住宿的人终于都走了。妈妈喊玛丽下楼。妈妈跟博斯特太太一起做早餐给自己人吃。劳拉洗过盘子，又把桌子摆好。

"昨天夜里可真吵死啦！"博斯特太太抱怨道。

"到底什么事啊？"玛丽好奇地问道。

"我猜他们喝醉了！"妈妈说完，紧闭着嘴唇。

"照我说也是！"博斯特先生告诉她说，"他们带了好多瓶威士忌！我本来想出来说说他们的，但是转念一想，我一个人怎么对付得了十五个醉鬼？我决心让他们闹去，只要别放火烧房子就行！"

"谢天谢地，他们没那么做！"妈妈庆幸地说。

那天一个年轻人驾着马车来到房子门前，马车上拉了一车木材。木材是从布鲁斯金拉过来的，他打算在即将兴建的小镇上建一间商店。他诚恳地请求建商店的时候在妈妈这搭伙吃饭。妈妈没法拒绝他，因为附近没有其他吃饭的地方。

过了一会儿又来了一对父子，他们是从苏福尔斯赶过来的。他们也拉来了一些木材，打算在这盖个杂货店。他们也恳请跟着妈妈搭伙吃饭。妈妈答应了，她对劳拉说："一个人搭伙是搭，两个人搭伙也是搭，索性都答应好啦！"

"要是英格斯不快点回来的话，我们这都快建成一个小镇啦！"博斯特先生开玩笑地说。

"我只希望他现在还能申请得到家宅地。"妈妈忧心忡忡地答道。

26. 爸爸和联邦政府的赌约

那天仿佛不是真的，劳拉恍若在梦中。她的眼皮像灌了沙子一样沉重，怎么也睁不开。她不停地打着哈欠，但是并不感到困倦。中午的时候，年轻的汉兹先生和两位哈森先生过来吃饭了。整个下午都听得见他们的锤子叮叮当当敲着木板，那是他们在搭建新建筑的屋架。爸爸仿佛已经走了很久了。

他那天晚上没有回来。第二天整整一天也没见他回来，到了晚上他还是没回来。现在劳拉确信他申请家宅地的时候遇上麻烦了。或许他没有申请到。如果他没申请到家宅地的话，一家人或许得往西到俄勒冈州去了。

妈妈不再允许其他任何陌生人在房子中过夜。只有汉兹先生和两位哈森先生被允许在烤炉旁打地铺。因为天气已经不是那么冷了，那些赶路的人在马车里睡觉也冻不着了。妈妈只收取二十五美分的晚饭钱。深夜了，她和博斯特太太还在忙着做晚饭，劳拉在一旁洗盘子。来吃饭的人太多了，她已经顾不上清点人数了。

第四天下午，快天黑的时候，爸爸回来了。马拉着马车往马厩去的时候，爸爸对着她们挥手致意。过了一会儿，他笑眯眯地走进屋。

"嗨！卡罗莱！女儿们！"他说，"我们申请到家宅地啦！"

"你申请到啦！"妈妈高兴得欢呼起来。

"要不然我跑出去干吗呢！"爸爸大笑着说道，"哦！驾车赶路可把我冻坏啦！让我赶紧到烤炉旁暖暖身子吧！"

妈妈拨了拨炉火，又烧上一壶热茶。"有没有遇到什么麻烦，查尔斯？"她问。

"说出来你们肯定不信！"爸爸说，"我从来没见过那么拥堵的路，看起来就像是整个国家的人都赶着去申请家宅地！我第一天晚上就赶到布鲁斯金了，第二天我就去了土地局。但是我无法靠近土地局的大门一步。每个人都要站在线外排队，等着轮到他才能进去。我前面的人太多了，第一天根本就没轮到我！"

"你不会是在那站了一天吧，爸爸？"劳拉叫道。

"当然站了一天啦，傻孩子！整整一天都站着。"

"什么东西都没吃？哦！不！爸爸！"凯莉叫道。

"哼，不吃东西站一天对我来说根本不要紧。让我犯愁的是那些拥挤的人群。我当时不停地想，我前面的人不会先把我的地给占了吧？卡罗莱，你从来都没见过那么拥挤的人群。但是我的担忧跟后面发生的事比起来，简直不算什么！"

"什么事啊，爸爸？"劳拉问。

"让我喘口气好不好，小家伙！嗯，土地局关门后，我顺着长长的队伍走到一家小旅馆吃晚饭，听到两个男人在说话。他们中的一个申请到了休伦镇附近的一块地。另一个男人说德斯梅特会建一个比休

伦镇还要好的小镇，然后他提到我去年冬天说的那块地，他把那块家
宅地的编号都说了出来！他打算第二天一早就去申请那块地！他说那
是德斯梅特小镇附近剩下的唯一一块空地了，虽然他没见过那块地，
但一定要拿到手。

　　"哦，我的心都快跳到嗓子眼啦！我必须赶在他前面申请到那块
地！我本来想第二天一早再去排队的，但是转念一想，去晚了就没机
会了，所以我一吃完晚饭就赶紧又回到土地局门口排队去啦！"

　　"我猜土地局关门了吧？"凯莉问道。

　　"是的，我就在台阶上待着，打算在那过夜！"

　　"你用不着那么做吧，查尔斯？"妈妈说，递给他一杯茶。

　　"用不着那么做？"爸爸重复了一遍妈妈的话，"可不止我一个
人抱着在门口过夜的想法！看那该死的场面就知道啦！不过幸运的是
我是第一个赶到的。那天夜里有四十个人连夜排队呢！更要命的是，
排在我后面的就是我听到他们谈话的那两个人！"

　　他吹了吹茶。劳拉说道："但是他们不知道你想要申请那块地，
不是吗？"

　　"他们根本不认识我！"爸爸边喝茶边说道，"但是过了一会儿
一个家伙走过来，大声喊道：'嗨！英格斯！你是在银湖过的冬吗？
你打算在德斯梅特定居，是不是？'"

　　"哦，爸爸！"玛丽哀号道。

　　"是啊，那可真是火上浇油！"爸爸说，"我知道如果我离开门
口一步的话，就没有机会了！所以我一步也不敢走开。太阳出来的时
候，排队的人已经多了一倍。到了土地局开门的时候，足足有几百人

在我身后推推搡搡地往前挤！我跟你说，那天谁也不讲规矩了，全都拼了命地往前挤！那可真是各人顾各人，谁最后一个谁倒霉！

"哦，女儿们，最后土地局的大门终于开了。再给我添点茶怎么样，卡罗莱？"

"哦，爸爸，继续说呀！"劳拉叫道，"求您啦！"

"门刚一打开，"爸爸说，"那个休伦镇的男人就把我往后一推，'我抓住他，你快进去！'他对自己的同伴说。这是要打架呢！要是真打起来，那我跟他打架的当儿，另外一个人就会进去把我的地给申请了！就在紧急关头，眨眼间，一个人蹿了出来，像是一吨重的砖头一样，猛地压到那人身上，'英格斯，快进去！'他大叫道，'我会抓着他的！哦——啊！'"

爸爸像山猫一样长长的尖叫声在屋里回荡着。妈妈紧张地大声喘粗气："感谢上帝！英格斯！"

"你们肯定猜不到帮我的是谁！"爸爸说。

"是爱德华！"劳拉叫道。

爸爸吃了一惊："你怎么知道的，劳拉？"

"在印第安保留地的时候，他就是那种尖叫声。他是来自田纳西州的野猫！"劳拉回忆道，"哦，爸爸，他在哪儿？你带他一起来了吗？"

"我没法带他一起回家。"爸爸说，"我千方百计地劝他，但是他已经申请到了南边的一块地，所以他必须待在那儿，防止有人抢占他的地。他让我代他向你问好，卡罗莱，还有玛丽和劳拉。要不是他我就申请不到那块地了！天呐，他挑起的那场打架可真是惊天动地！"

"他受伤了吗？"玛丽担心地问道。

　　"毫发无损。他只是挑了个头而已。我一闪进去开始办理申请手续，他就趁机溜了！但是过了好长一段时间人群才安静下来。他们……"

　　"只要结局好就什么都好了，查尔斯。"妈妈打断他说。

　　"我也是这么想的，卡罗莱。"爸爸说，"只要申请到宅基地就行了。好啦，女儿们，我拿四十美元做赌注，跟联邦政府打了个赌，赌我们可以在那块一百六十英亩的家宅地上生活五年。女儿们，帮我去赢那个赌约吧！"

　　"哇，好的，爸爸！"凯莉热切地说道。玛丽也高兴地说："好哇，爸爸！"劳拉郑重其事地保证道："好的，爸爸。"

　　"我不想把那看成一个赌博。"妈妈像往常一样柔声说道。

　　"每件事或多或少都是一场赌博，卡罗莱。"爸爸说，"除了死亡和税收，没有什么是板上钉钉的。"

27. 小镇上掀起了建房热潮

没有时间让爸爸好好地长谈一番了。傍晚的阳光已经从西边的窗户斜斜地照了进来，在地板上拖出长长的影子。妹妹说："我们得准备晚饭啦！一会儿就有人来吃饭啦！"

"什么人？"爸爸问道。

"哦，等等，妈妈，我想让爸爸亲自看看！"劳拉祈求道，"有个惊喜等着你呢，爸爸！"她急匆匆地跑进食品室，从一个以前装大豆的麻袋里掏出一个装满钱的小袋子："你瞧，爸爸，你瞧！"

爸爸非常吃惊地掂了掂小钱袋。他望着她们，她们全都容光焕发，一个个笑逐颜开的。"卡罗莱，你最近带着女儿们都干吗了呀？"

"打开看看，爸爸！"劳拉叫道。爸爸解小钱袋的时候，她迫不及待地说："十五美元二十五美分！"

"我太吃惊啦，简直要乐晕啦！"

然后劳拉和妈妈开始做晚饭。她们一边做饭，一边把他不在的时候发生的一切讲给他听。他们话还没说完，就有一辆马车停在了门口。那天晚上有七个陌生人吃饭，劳拉她们又赚了一美元七十五美分。现在爸爸在家，陌生人可以靠着烤炉在地板上打地铺了。劳拉不再介意自己要洗多少盘子，也不管自己有多困，有多累了。爸爸妈妈努力发家致富，她也要努力帮忙呀！

第二天早上，她大吃了一惊。她几乎没有时间说话了，因为有太多人等着吃早饭，盘子几乎赶不上用了。当她终于把盘子洗好挂起来晾干的时候，几乎没有时间去清扫和擦洗一片狼藉的地板了，因为她马上又要去削土豆做午饭了。只有出去倒洗碟盘里的脏水时，她才匆匆地瞥一眼外面三月的春光：明媚的阳光照耀着棕褐色的大草原，湛蓝的天空飘着朵朵白云。她看见爸爸拉着一马车木材往镇上去了。

"爸爸到底在干什么啊？"她问妈妈。

"他正在镇上建房子。"

"谁建的？"劳拉问道。说罢她开始清扫地面。因为不停地洗碗，她的手指在水中泡得太久，都起皱了。

"应该是'给谁建的'，劳拉。"妈妈纠正道，"给他自己呀！"她抱了一床被铺到门外去晒。

"可是我们不是要搬到新申请的家宅地上去住吗？"妈妈进来的时候，劳拉问道。

"我们还要等六个月才能搬到新家宅地去住。"妈妈说，"好多人涌到镇上来了。你爸爸觉得我们可以在镇上盖间商店赚钱。他正在用铁路路基宿舍的木材盖商店，到时候卖掉！"

"哦，妈妈，太棒啦！所有的钱都被我们赚啦！"劳拉说。她起劲地扫着地，妈妈又抱了一床铺盖去晒。

"扫帚压低点，劳拉，不要往上挥舞，否则会弄得尘土飞扬的！"

妈妈说，"是啊！不过母鸡没孵蛋之前，先别急着点小鸡！"

那个星期，家里都有固定来搭伙吃饭的人。他们正在镇上或是刚申请到的家宅地上盖房子。从早到晚，妈妈和劳拉连喘口气的时间都没有。整天都有马车成群结队地从门口路过。马车的主人从布鲁斯金拉着一车车木材，以最快的速度赶来。每天都有房子的黄色屋架拔地而起。沿着铁路线，满是泥泞的湿地上，主要街道已经初具雏形。

每天晚上，大房间和披屋的地上都打满了地铺。爸爸和搭伙吃饭的几个人睡在地板上，这样玛丽和劳拉还有凯莉就搬到卧室跟妈妈和格蕾丝一起睡了。现在阁楼上的地板也被这些住宿吃饭的陌生人的地铺给占满了。

之前储存的食物全都吃光了。现在妈妈不得不去买些面粉、盐、大豆、肉和玉米粉。因为现在要花费成本，她赚的没有以前多了。她说这儿的物价是以前他们在明尼苏达州的三四倍，因为铁路和马车的运费太高了，而且道路太泥泞了，马车主人没法装运太多的货物。但是无论如何，她每顿饭还能赚儿美分的利润，赚得少总比不赚强。

劳拉真希望自己能有时间去看看爸爸正在建的房子。她希望自己可以跟爸爸谈谈房子，但是爸爸总是跟那些来吃饭的人一起吃过饭后就匆匆出去了。现在根本没有时间说话。

突然之间，以前什么也没有的大草原上出现了一个小镇。短短两个星期，一幢幢还没粉刷的新房子拔地而起，前面竖起了装饰墙，有两层楼高，上面是方形的。装饰墙后面蹲俯着一幢幢房子，斜面屋顶的木瓦只盖了一部分。那些陌生人已经在那住下了，排烟管里飘出袅袅炊烟，玻璃窗在阳光下闪闪发光。

一天吃午饭的时候，大家在餐桌上闲聊着。劳拉听见一个男人说，他打算开一家旅馆。他几天前的夜里已经从布鲁斯金拉来了一车木材。他的妻子马上就会再拉一车木材过来。"我们一个星期内就开张做生意。"他说。

"听起来好极了，先生！"爸爸说，"这个小镇正缺一家旅馆呢！只要你的旅馆能开张，一定会生意兴隆的！"

匆忙之间，大家已经吃完饭了。一天晚上，爸爸、妈妈、劳拉、玛丽和凯莉，还有格蕾丝一起坐下来吃晚饭。桌上没有别的陌生人，又是一家人一起吃饭了。屋里也没有别的陌生人，又是一家人待在屋里了。空气里有一种美好的安静，一切都那么平和、清静，就像风暴过后的静谧，又像久旱逢甘露的安宁。

"我得说，我不知道自己竟然这么累！"妈妈轻轻地叹了口气。

"我很高兴你跟女儿们一直为了这些陌生人忙前忙后。"爸爸说。

他们没有做过多的交谈。一家人再次安安静静地一起吃晚饭的感觉实在是太好了。

"我跟劳拉算了一下，"妈妈说，"我们赚了四十美元。"

"是四十二美元五十美分。"劳拉说。

"如果可以的话，我们要把这些钱存起来，不能轻易乱动。"爸爸说。如果他们真的能把钱存起来的话，劳拉想，送玛丽上学的钱就有了眉目了。

"我估计测量员们这两天就快回来了。"爸爸继续说道，"我们最好做好搬家的准备，这样等他们一回来，我就可以把房子交还给他们了。在把镇上的房子卖掉之前，我们可以住在那。"

"好的，查尔斯，我们明天就把被褥洗一洗，开始收拾行李。"妈妈说。

第二天，劳拉帮着妈妈把所有的被褥毯子都洗了。春寒料峭的三月，空气中充满了甜美的花香，劳拉拖着一篮子洗过的被套毛毯到外面的晾衣绳去晒，心情十分愉悦。一辆辆马车沿着满是泥泞的小路向西缓缓驶去。冰已经融化了，只有银湖沿岸和沼泽地的草丛中还留有一点残冰。湖水变得如天空般湛蓝，一直连到远方的天际，泛着粼粼的波光。在波光闪闪的天际，出现了几团小黑点，排成了一个箭头，从南边过来了。远处传来了野雁孤独而凄凉的叫声。

爸爸急匆匆地进了屋。"开春以来第一队野雁飞回来啦！"他说，"今天午饭吃烤雁怎么样？"说完，他拿着猎枪匆匆出去了。

"嗯，不错！"玛丽说，"烤雁加鼠尾草填料！你喜欢吗，劳拉？"

"不喜欢，你知道我不喜欢。"劳拉答道，"你知道我不喜欢鼠尾草。我们会用洋葱做填料。"

"但是我不喜欢洋葱！"玛丽生气地说。

劳拉坐在自己的脚后跟上，擦洗着地板。"我才不管你喜不喜欢呢！我们不会用鼠尾草的！我猜有时候我想要的东西也能得到！"

"怎么了，女儿们？"妈妈吃惊地问道，"你们在吵架吗？"

"我要吃鼠尾草！"玛丽坚持道。

"我要吃洋葱！"劳拉叫道。

"女儿们，女儿们！"妈妈沮丧地说，"我不知道你们到底是怎么了。我从来没有听过这么愚蠢的事！你们俩都知道，咱们既没有鼠尾草，也没有洋葱！"

门开了，爸爸走了进来。他神色严肃地把猎枪放回原处。

"野雁离得太远了，一只也没打到！"他说，"飞到银湖上空的时候，整个雁群向上飞高了，然后一直往北边飞去了。它们肯定是已经看到那些新建的房子，也听见镇上的噪声了。看起来从今往后，猎人们要饿细肠子啦！"

28. 小镇上的生活

　　还没建成的小镇被广阔无垠的大草原围绕着。阳光下的大草原绿茵茵的，因为草木已经开始到处生长了。银湖的水是湛蓝色的，天空中大朵大朵的白云倒映在清澈的湖水中。

　　劳拉和凯莉一左一右地挽着玛丽，三个人慢慢地向小镇走去。她们身后跟着一辆马车，车上坐着爸爸妈妈和格蕾丝，后面还拴着他们的奶牛艾伦。他们都往爸爸在镇上新建的房子搬去。

　　测量员已经回来了。博斯特先生和太太去了他们申请的家宅地。除了爸爸尚未建完的房子，他们没有别的地方可住了。在喧嚣忙碌的小镇上，没有一个人是劳拉认识的。现在住在草原上，她不再感到清静和快乐，而是感到孤独和恐惧。小镇的出现，让一切都不一样了。

　　主街道上，人们爬上爬下地在正在修建的房子上忙活着。泥泞的路上新长出了嫩草，被往来的人践踏过了，刨花和锯屑以及锯断的木板散落其间。车轮在泥泞的路上碾出了一道道深深的辙迹。透过还没加护墙板的屋架、各排房子间的小巷和大街的两头，可以看见绿茵茵的大草原在湛蓝的天空下绵延起伏着，一直延伸到遥远的天际。小镇

196

上乱糟糟、闹哄哄的，充斥着刺耳的锯木头的声音和锤子敲击的声音，木箱摔到地上的嘭嘭声，木材从马车上卸下来时尖锐的咔嗒声，还有人们的高谈阔论声。

劳拉和凯莉怯生生地站在一旁，好让爸爸的马车过来。然后她们搀着玛丽，跟着马车来到爸爸正建着的房子旁。

高高的装饰墙向上耸立着，遮住了半边天。爸爸建了一半的房子有个前门，两边各有一个玻璃窗。门敞开着，里面是一个长长的房间，尽头有一个后门，后门旁边开了一个侧窗。地上铺着宽木板，四壁也是木板做的，阳光从木板的缝隙和节孔中透了进来。这就是他们的新房子了。

"这地方不是很暖和，密封性也不是很好，卡罗莱。"爸爸说，"我还没来得及加护墙板和天花板，屋檐下也没加檐口把大的缝隙封上。不过我们也冻不着，因为已经是春天了，而且我会抓紧时间把房子完工的。"

"你得再修个楼梯，我们好上阁楼。"妈妈说，"现在我会拉块帘子隔出两个房间来，这样在你隔出分间来之前，我们也好有个睡觉的地方。现在天气这么暖和，我们也不需要护墙板和天花板。"

爸爸把艾伦和马儿拴到房子后面的小马厩里。然后他支起了烤炉，又理了根绳子，给妈妈挂帘子用。妈妈把鞋子挂在绳子上。劳拉帮着爸爸支床。床支好以后，凯莉帮着劳拉一起铺床，玛丽在一旁逗弄格蕾丝，妈妈准备晚饭去了。

吃饭的时候，油灯发出昏黄的光，照在雪白的帘子上，长长的房间另一头却黑漆漆的，因为灯光照不到。冷风从房子的缝隙钻了进来，灯焰被吹得摇曳起来，帘子也飘拂拂的。房子里空荡荡的，但是劳拉总觉得外面的陌生人近在咫尺。陌生人的窗户中透出昏黄的灯光，有人提着灯笼从门前走过，传来隐隐约约的说话声——劳拉听不清他们在说什么。即使到了夜深人静的时候，劳拉依然觉得四周挤满了陌生人，而且他们离得那样近。房内通着风，黑暗中，她跟玛丽一起躺在床上，盯着模模糊糊的白帘子，凝听着黑暗中的寂静，觉得自己像一头小兽一样被困在了小镇的陷阱里。

有时候，她夜里会梦到狼群的嗥叫声，但事实上她躺在床上，所谓的狼嗥不过是风儿的呼啸声罢了。她感觉很冷。她冷得醒不过来了。盖在身上的被子像是太薄了。她紧紧地偎着玛丽，用薄薄的被子蒙住了冰冷的脑袋。在睡梦中，她冻得缩成一团，瑟瑟发抖，过了很久才渐渐地暖和起来。第二天早上，她才知道自己睡梦中听到爸爸唱歌：

> 向日葵在清风着摇摆起伏！
> 哦，我像向日葵般快乐幸福！
> 清风吹落了一地树叶，
> 我的心像清风一样轻盈！

劳拉睁开了一只眼，从被子里向外窥探着。雪花轻轻地飘落在她脸上，好多好多雪花。

"喔！"她惊叫道。

"躺着别动，劳拉！"爸爸叫道，"女儿们，你们都躺着别动！我一分钟内把你们从雪里铲出来！我马上生火，然后把妈妈从雪里弄

出来！"

劳拉听见烤炉盖子发出哗啦哗啦的声音。她听见划火柴的声音，还听见火燃烧时发出的噼里啪啦的声音。她躺着没动。被子沉甸甸地压在身上，她感觉浑身暖和，像是躺在烤箱里。

不一会儿，爸爸拿着帘子进来了。"被子上的积雪足有一英尺那么厚！"他大声嚷嚷道，"但是我会在小羊羔摆尾巴三次的时间里把这些积雪弄走！女儿们，躺着别动！"

爸爸把雪从她们的被子上铲走的过程中，劳拉和玛丽一动不动地躺着，感到刺骨的寒冷。她们躺在那瑟瑟发抖，并眼看着爸爸把雪从凯莉和格蕾丝身上铲走。然后他去了马厩，把艾伦和马儿从积雪中铲出来。

"起床吧，女儿们！"妈妈喊道，"拿上你们的衣服，到烤炉旁穿上！"

劳拉从温暖的床上跳下来，从椅子上抓过她的衣服。她昨天晚上睡觉前把衣服放在椅子上了。她抖掉衣服上的积雪，赤着脚在落满雪花的冰冷的地板上飞跑着，来到帘子旁的烤炉边。她一边跑一边喊道："你先等等，玛丽！我一分钟就回来把你衣服上的积雪抖落！"

她快速抖动她的衬裙和裙子，雪还来不及融化就落下来了。接着她飞快地摇晃着她的袜子，又把鞋子里的积雪倒了出来，穿上鞋子。她速度飞快，急匆匆地穿好了衣服，身上也变暖和了。然后她赶紧把玛丽衣服上的积雪抖落下来，趁着衣服被烤炉烤得热烘烘的，赶紧帮她穿上。

凯莉也尖叫着一跳一跳地跑了过来。"喔！雪把我的脚冻坏啦！"

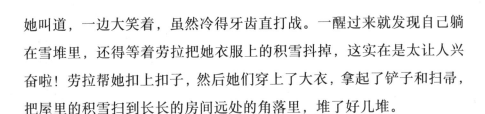

她叫道，一边大笑着，虽然冷得牙齿直打战。一醒过来就发现自己躺在雪堆里，还得等着劳拉把她衣服上的积雪抖掉，这实在是太让人兴奋啦！劳拉帮她扣上扣子，然后她们穿上了大衣，拿起了铲子和扫帚，把屋里的积雪扫到长长的房间远处的角落里，堆了好几堆。

大街上落满了厚厚的积雪，雪堆这一个那一个，到处都是。木材堆上也落满了积雪，像一座座雪山。没建完的房子上也落满了雪花，光秃秃的木板从积雪中戳了出来，薄薄的，是黄色的。太阳升起来了，雪堆的斜坡变成了玫瑰色，而凹进去的部分则变成了蓝色。冰冷的风从屋子的每一个缝隙里钻了进来。

妈妈把她的披肩放在炉火上烤了烤，紧紧地围在格蕾丝身上，然后抱起她交给靠着烤炉坐在摇椅中的玛丽。炉火把周围的空气烤得热烘烘的。妈妈把餐桌拉到烤炉旁。爸爸回来的时候，早餐也做好了。

"这房子真像个筛子！"爸爸说，"雪花从屋檐和每个缝隙钻进来！简直是一场暴风雪！"

"想想吧，我们一冬天都没遇上暴风雪，现在都四月了，倒遇上了！"妈妈也感到很惊讶。

"幸亏是晚上大家盖着被子的时候下的雪！"爸爸说，"如果是白天的话，肯定会有人迷路、冻死的！谁也没想到一年的这个时候竟然来了场暴风雪！"

"噢，严寒不会持续太久的。"妈妈自己安慰自己说，"'四月的春雨带来五月的花儿'，四月的暴风雪会带来什么呢？"

"隔间。"爸爸说，"我今天就在烤炉的热气周围弄个隔间出来，防止热量散失。"

他确实这么做了。整整一天，他都在烤炉旁锯木头，并不时地敲敲打打。劳拉和凯莉帮着扶稳木板，格蕾丝坐在玛丽的膝头玩刨花。新的隔间做好了，是一个小小的房间，把烤炉、餐桌和床都围在里面了。小房间还开了个窗户，整个积雪覆盖的绿色草原都尽收眼底。

然后爸爸拿进来更多沾着雪花的木材，开始做天花板。"无论如何都要把缝隙堵上。"他说。

整个小镇的其他房子里都传来锯木头和敲敲打打的声音。妈妈说："我真替比亚兹利太太窝心，她们楼下开着旅馆，头顶上还忙活着敲敲打打呢！"

"建设家园都是这样啦！"爸爸说，"一会儿在头顶上建这个，一会儿在脚底下建那个，一直这么忙上忙下的。要是等到所有的东西都准备齐全了再动手，你永远也得不到真正适合自己的东西。"

过了几天，积雪融化了，春天又回来啦！草原上吹来的风带着潮湿的泥土和青草的气息。太阳每天都早早地升起。湛蓝的天空中满是叽叽喳喳的鸟儿。劳拉抬头朝天上望去，只见成群结队的鸟儿在高空中展翅飞翔，越飞越高，在阳光闪耀的空中渐渐地越来越小。

它们不再密密地落满银湖。只有一些非常疲劳的鸟儿在太阳落山后才落到沼泽地里，但是休息一夜后，它们又会在太阳升起之前飞向天空。野鸟们不喜欢住满了人的小镇，劳拉也不喜欢。

她想："我宁愿跑到大草原上，跟野草、鸟儿和爸爸的小提琴为伴。对，甚至与狼群为伴！去任何地方都比待在这个泥泞不堪、杂乱喧闹、到处都是陌生人的小镇强！"然后她问道："爸爸，我们什么时候搬到咱们的家宅地上去啊？"

"等我把这个房子卖了就搬！"爸爸说。

每天都有越来越多的马车赶到镇上来。成群结队的马车从窗前经过，在泥泞不堪的路上缓缓行进着。小镇整天都充斥着锤子的敲打声、靴子的嘈杂声和人们的嚷嚷声。铁路工人拿着铲子忙着铲平铁路路基，赶马车的人正在车上往下卸枕木和铁轨。到了晚上，人们挤到酒馆里喝酒，一边高谈阔论着。

凯莉喜欢这个小镇。她想出去到镇上走走看看。她常常站在窗口向外看，一看就是好几个小时。有时候，妈妈会让她去拜访住在街对面的两个小女孩儿，但是更多的时候，是那两个小女孩儿来家里拜访她，因为妈妈不喜欢凯莉离开她的视线。

"我不得不说你，劳拉，你每天这么坐卧不安的，让我也很烦躁。"妈妈说，"你以后是要去学校教书的，那为什么不现在就开始呢？你不觉得每天教凯莉、露易丝和安妮读书挺好的吗？这样凯莉就可以待在家了，对你们大家都好！"

劳拉不觉得好。她根本就不想教她们读书。但是她顺从地说："好的，妈妈。"

她觉得自己可以试试。所以第二天早晨露易丝和安妮来找凯莉玩儿的时候，劳拉告诉她们要上课了。她让她们坐成一排，拿出妈妈的识字本，挑了一篇，开始给她们上课。

"你们再学十五分钟，"她吩咐她们说，"我一会儿检查你们背诵。"

她们睁大了眼睛望着她，但是什么也没说。她们把脑袋凑到一起，开始学习。劳拉就坐在她们面前。十五分钟的时间从来没有这么漫长过。最后劳拉检查了她们的单词背诵情况，然后又给她们上了一堂算术课。每当她们开始烦躁不安的时候，劳拉就告诉她们必须坐好了，不许乱动。她还让她们说话之前必须举手示意。

终于熬到了午饭时间。"你们今天表现不错！"妈妈嘉许地笑着说道，"你们每天早上都可以过来，劳拉会教你们的。回去告诉你们的妈妈，就说我今天下午会去拜访她，告诉她我们办了个小学校的事！"

"好的，太太，"露易丝和安妮弱弱地答道，"再见，太太！"

"劳拉，我相信，经过坚持不懈的努力，你一定会成为一名出色的教师的！"妈妈高兴地表扬劳拉。"谢谢你，妈妈！"劳拉心想："既然要当教师，就要当一名出色的教师！"

每天早上，棕色头发的小安妮和红色头发的露易丝都会不情不愿地来上课。她们一天比一天难教。她们老是动来动去，一刻不得安宁，劳拉总是得停下来命令她们坐好，一次又一次的，劳拉都快绝望啦！她根本没法让她们静下来安心学习。终于有一天，她俩索性不来了！

"可能她们还太小了，体会不到学习的乐趣！但是不知道她们的妈妈怎么想！"妈妈说。

"别灰心，劳拉！"妈妈说，"不管怎样，你是德斯梅特镇第一个教书先生呢！"

"我没灰心。"劳拉欢快地说。现在不用教书了，她高兴得一边擦洗地板，一边唱起了歌。

凯莉在窗边尖叫起来："快看，劳拉！出事啦！或许那是她们为什么不来上课的原因！"

旅馆门前挤满了人，越来越多的人从四面八方赶来，他们大声嚷嚷着，声音里充满了兴奋。劳拉想起发薪日那天，拥堵的人群是怎么威胁爸爸的。一分钟的工夫，她看见爸爸从人群中挤出来，回到了家里。

他一脸严肃地进了屋。"你觉得我们马上就搬到新申请的家宅地去怎么样，卡罗莱？"他问道。

"今天吗？"妈妈问。

"后天。"他说，"搬之前，我得先花一两天时间在家宅地上搭个小棚屋。"

"坐下来，查尔斯，告诉我出什么事了。"妈妈轻声说。

爸爸坐了下来："发生了谋杀案。"

妈妈的眼睛瞪得老大，不由得屏住了呼吸。她惊恐地问道："这儿吗？"

"小镇南边。"爸爸站了起来，"有个强占别人家宅地的家伙杀了一个猎人。那个猎人以前就在铁路上工作。他昨天跟他的父亲一起驾马车赶到他的家宅地，到了家宅地的小棚屋时，一个男人开了门，伸出头来看着他们。猎人就问他在那干什么，然后那人就开枪把猎人打死了。他还想对着那位老人开枪，但是老人用鞭子猛抽马儿，逃走了。他们都没有枪。那个老人去了米彻尔州，今天早上他把警察带来了。警察把那个杀人的家伙给抓起来了。仅仅只是逮捕了他！"爸爸怒气冲冲地说："要是我们当时知道他的恶行的话，绞死他算是便宜的！"

"查尔斯！"妈妈叫道。

"嗯，"爸爸说，"我觉得我们最好赶紧搬到家宅地去，省得被别人占了！"

"我也这么觉得。"妈妈说，"等你一搭好棚屋，我们就尽快搬过去！"

"给我弄点吃的，我现在就动手！"爸爸说，"我会拉一车木材过去，还需要一个人来帮忙。今天下午就把棚屋搭起来，我们明天就搬！"

29. 搬到家宅地去啦

"快醒醒，小懒虫！"劳拉喊道，双手使劲摇着被子下面的凯莉，"今天搬家！快起来！我们要搬到家宅地去啦！"

他们迅速吃过早餐，话也顾不上说，因为怕浪费时间。劳拉快速洗过盘子，凯莉把盘子晾干。妈妈打包好最后一箱行李，爸爸把行李提上了马车。这是劳拉所知道的最开心的一次搬家。妈妈和玛丽开心，是因为终于可以结束颠沛流离的日子，在家宅地安定下来。凯莉开心是因为她迫不及待地想看看家宅地，劳拉开心是因为他们终于离开小镇了，爸爸开心是因为他本来就喜欢搬来搬去，而格蕾丝开心地又唱又叫是因为看到大家都很开心。

盘子一干，妈妈就把它们装进桶里，这样马车赶路的时候就不会颠碎了。

爸爸把行李、箱子和装着盘子的桶装到马车上。然后妈妈帮他拆下排烟管和烤炉，装进马车后面的车厢里。他把桌椅放在所有行李的最上面，望着装得满满的马车，捋了捋胡子。

"我得分两趟拉，这样大家都可以坐在马车上了。"他说，"把剩下的东西收拾好，我一会儿就回来。"

"但是你一个人没法卸排烟管啊！"妈妈不同意。

"我会搞定的。"爸爸说，"能搬上去就能搬下来。我来弄几块滑板，那边木材多的是。"

他爬进马车走了。妈妈和劳拉把被褥卷成紧紧的一卷。她们把妈妈的大床垫和爸爸带到镇上的两个小床垫抬下来，又把几盏油灯小心翼翼地装进盒子里，正面朝上，防止灯油洒出来。她们向灯罩里塞了些纸，又用毛巾包起来，靠油灯放着。一切准备就绪，就等爸爸回来啦！

爸爸先把床垫和箱子装进马车，又把几卷被褥放在上面。然后劳拉把小提琴盒子递给他，他小心翼翼地塞到被褥里。他把陈设的小物件放在最上面，这样就不会被刮花了。最后他牵过艾伦，把它拴在了马车后面。

"好了，卡罗莱，你们上车吧！"他伸手拉妈妈上了马车，坐在弹簧座上。"接着！"说着，他把格蕾丝掷到了妈妈的膝上。"轮到你了，玛丽！"他温柔地说道，把她搀到弹簧座旁边的木板上坐下。劳拉和凯莉一边一个爬到玛丽两旁坐下来。

"好啦！"爸爸说，"我们一会儿就到新家啦！"

"劳拉，你可怜可怜我，把太阳帽戴上！"妈妈喊道，"春风会把你脸上的皮肤吹坏的！"说着她把格蕾丝的小太阳帽拉了下来，罩住了她的小脸蛋和娇嫩的皮肤。玛丽把脸躲到太阳帽下，当然妈妈也是。

劳拉扯着挂在脖子后的带子，慢慢把她自己的太阳帽拉上来戴好。帽檐从两颊垂了下来，把小镇挡住了。顺着太阳帽的帽檐，她只能看见绿茵茵的大草原和蓝蓝的天空。

马车在尘土飞扬的泥路上颠簸着前行，她双手抓着弹簧座的靠背，身子随着马车一起摇摇晃晃的。她一直望着车外绿茵茵的草原和蓝蓝的天空。

这时，绿草地和蓝天相交之处忽然出现了两匹棕色的骏马，它们身上都套了马具，并排疾驰着，黑色的鬃毛和尾巴迎风飘动，棕色的身躯在阳光下油光水亮，四肢强健有力，迈着优美的步伐。它们拱着脖颈，竖起双耳，从劳拉她们的马车旁经过时还骄傲地把头高高昂起。

"哦，多么漂亮的马啊！"劳拉叫道，"快看，爸爸！快看！"她把头伸出来，尽可能长时间地望着那两匹马儿。它们拉着一辆小马车。一个年轻的男人站在马车上驾驶，还有一个高个子男人站在他身后，一手搭在他的肩膀上。不一会儿，那两个男人的背影和马车就越来越远，渐渐地模糊起来，劳拉再也看不见那两匹马了。

爸爸坐在座位上，也转过身来看他们。"他们是怀尔德家的两个男孩！"他说，"驾车的是阿曼，跟他一起的是他哥哥罗亚尔。他们申请到了小镇北边的一块家宅地。他们的马儿是这一带最好的。你运气真好，要知道很少能看到那么好的马儿！"

劳拉打心眼里渴望自己也能有这样的骏马，但是她知道那是奢望，她永远也不会有那么好的骏马。

爸爸正驾着马车朝南走。马车穿过绿色的大草原，沿着一个平缓的斜坡向大沼泽地驶去。大沼泽上散布着不少洼坑，里面长满了粗糙繁茂的野草。水塘上飞来一只苍鹭，悬着长长的双脚，扑棱扑棱地拍打着翅膀。

"它们得多少钱啊，爸爸？"劳拉问道。

"你说什么，小家伙？"爸爸说。

"像刚才那样的骏马。"

"两匹加一起吗？至少二百五十美元，少一分都不行。大概三百美元吧！"爸爸说，"问这干吗？"

"不干吗。我随便问问。"劳拉回答道。三百美元是个天大的数字，她简直不敢想象。只有富人才买得起那样的马。劳拉想，如果她有钱了，就可以拥有两匹黑色鬃毛和尾巴的棕色骏马啦！她把太阳帽拨到脑后去，任它在风中飞扬，心中却神往着跟在刚才那匹快马后策马驰骋的情形。

大沼泽一路延伸到远处的西边和南边，越往远处越宽阔。在马车另一侧的沼泽狭窄而潮湿，通向了银湖狭长的上游。爸爸快速驶过这段狭窄的沼泽地，向前面隆起的高坡驶去。

"到啦！"他说。一间崭新光亮的小棚屋立在阳光下，像是一个黄色的玩具，被丢在了绿草茵茵、绵延起伏的大草原上。

爸爸扶妈妈下了马车。她对着那间小棚屋哈哈大笑起来。"它看起来像个被劈成两半的小柴屋，只剩下了一半在这里！"

"你错啦，卡罗莱！"爸爸告诉她，"这间小屋只建了一半呢，还没完工！我们现在就把它建完，然后再建剩下的一半！"

这间小棚屋和它倾斜的屋顶是用粗糙的木板建成的，木板之间有很多缝隙。门口既没有窗户也没有门，但是却铺了地板。地板上开了个陷阱门，一直通到地窖里。

"我昨天就挖了个地窖，又把墙壁竖起来，其他什么也没做。"

爸爸说，"但是现在我们已经在这啦！没人可以强占我们的家宅地啦！我会马上把房子修好的，卡罗莱。"

"到家啦，我心里真高兴，查尔斯。"妈妈说。

太阳落山前，他们就全都在这间有趣的小屋里安顿下来啦！他们支起了烤炉，铺好了床，挂上了帘子，把小屋隔成两个小房间。吃过了晚饭、洗净了盘子，夜色悄悄降临了，笼罩着大草原。春天的夜晚实在太美了，大家谁也不愿意点亮油灯。

妈妈坐在没有门的门口，将格蕾丝抱在膝头轻轻摇晃着，凯莉紧紧依偎在她身旁。玛丽和劳拉一起坐在门槛上。爸爸坐在门外草地的椅子上。他们没有聊天说话。星星一颗一颗地冒出来了，他们静静地望着天空，欣赏着点点繁星。不远处的大沼泽地里，青蛙正呱呱叫着。

微风在耳边低喃着，夜色像天鹅绒般柔软、静谧和安然。浩瀚的天空点缀着无数的星星，欢快地眨着眼睛。

爸爸柔声说："我想来点音乐，劳拉。"

劳拉起身来到妈妈的床边，把小提琴盒拿了出来。爸爸把小提琴拿出来，调好了音。一家人在星空下唱起了歌：

　　　　喔，赶走所有忧愁，
　　　　因为哭泣徒增悲伤。
　　　　就算今天诸事不顺，
　　　　明天又是新的一天！

　　　　所以赶走所有忧愁吧，

然后努力做到最好。

努力拼搏吧！

这是每个男子汉的格言！

"等屋顶修好了，我就把小牧羊女瓷像摆出来。"妈妈说。

爸爸用琴声回答了她。那琴声轻快悠扬，像阳光下潺潺的流水，哗啦啦流向了水塘。月亮升起来了。皎洁的月光洒满了天空，星星隐到月光里去了。清冷的银色月光洒向了辽阔昏暗的大地，爸爸和着琴声，轻轻唱道：

当繁星照亮夜空，

当风儿停止了叹息，

当暮色笼罩了草地，

从山下的村舍里，

发出微弱的小小烛光，

我知道那是为我指路的小明灯。

30. 家宅地上的小屋

"当务之急是挖一口井！"第二天早上，爸爸说道。他肩上扛着铲子和铁锹，吹着口哨朝沼泽地走去。劳拉将餐桌收拾干净，妈妈挽起了袖子。

"来吧，女儿们！"她愉快地说，"都过来，打起精神，我们马上有事情要做！"

但是那天早上就连妈妈都很犯难。小屋太小了，光是昨天的床铺、烤炉等已经把它装得满满当当的。每件家什都要小心地摆放到适当的地方。劳拉和凯莉还有妈妈把家具一会儿抬到这边，一会儿又拖到那边，站在那想一会儿，又动手试一下。爸爸回来的时候，玛丽的摇椅依然放在门外呢。

"哦，卡罗莱，井挖好啦！"他开心地喊道，"六英尺深，下面是流沙地，净水清凉甘甜！我马上再加个井盖，防止格蕾丝掉进去。加上井盖就大功告成啦！"他看看屋里乱七八糟的一切，把帽子推到脑后，抓了抓脑袋。"东西放不下吗？"

"放得下，查尔斯。"妈妈说，"办法总是有的嘛！"

是劳拉想出怎么支床的法子的。麻烦的是他们现在有三张床。如果三张床并排摆的话，就没空放玛丽的摇椅了。劳拉想把两张小床紧靠在一起，靠角落放着，然后大床床脚正对着两张小床，床头板抵着另一面墙。

"然后我在床四周挂个围帘。"她对妈妈说，"再在你们床边挂个帘子，这样摇椅就可以摆在靠帘子的空地上啦！"

"我女儿真聪明！"妈妈说。

餐桌在劳拉和玛丽的床脚边靠墙摆放。爸爸正打算在这面墙上开一扇窗户。妈妈的摇椅放在餐桌旁边，陈设架放在门后的角落里。第一个角落里支着烤炉，烤炉下面放着用包装盒做成的碗柜。行李箱放在烤炉和玛丽的摇椅之间。

"放那！"妈妈说，"箱子应该放在床底，而不是这！"

吃午饭的时候，爸爸说："天黑之前我会把剩下的一半小屋建好。"他果然在天黑前把小屋建好了。他在烤炉旁边开了扇朝南的窗户，又在门口安上了从镇上的木材厂买来的木门。之后他用焦油纸把整个小屋外面蒙了起来，又用板条封上。

劳拉帮他摊开宽宽的、闻起来有股焦油味的黑色焦油纸，铺在倾斜的屋顶和新鲜干净、散发着松香味的木板上，又帮他把焦油纸切断。她站在风中，将焦油纸向下扯紧，爸爸用板条封好，钉上钉子。焦油纸不好看，但是它可以封上所有的缝隙，把风挡在外面。

"哦，还要整整一天的时间才能完工。"一家人坐下来吃晚饭的时候，爸爸说。

"是啊！"妈妈说，"明天我们把行李都拆开来放好。我还得烤点面包。真高兴又有发酵粉了，我再也不想用酸面团做饼干啦！"

"你用酵母发酵的白面包很好吃！用酸面团做的饼干也很美味！"爸爸告诉她说，"不过要是我不去找点柴火的话，可就两样都吃不上啦！明天我就去亨利湖拉一车木头过来。"

"我可以跟你一起去吗，爸爸？"劳拉问道。

"我也要去！"凯莉祈求道。

"不可以，女儿们！"爸爸说，"我要出去蛮长一段时间，而妈妈需要你们帮忙。"

"我就是想去看看那些树！"凯莉解释道。

"不怪她想去看看，"妈妈说，"我自己也想去看看树呢！看看树木也可以养养眼。咱们在大草原上一棵树也见不到，四面八方连个灌木丛都没有！"

"这一带马上就会被树木覆盖的，"爸爸说，"别忘了联邦政府正打算那么做呢！现在每个地区都要求植树，此地的定居者必须在每块地上种植十英亩的树。四五年内，你就会看见到处都是树啦！"

"那到时候我可得四处看个够！"妈妈笑着说，"没有什么比夏日里绿树成荫更让人心神安宁啦！而且树林还能减缓风力呢！"

"哦，这我倒不知道。"爸爸说，"树木很容易盘根错节。你知道从前咱们住在威斯康星州的大木林时，你得用锄头刨出木桩，劈掉枝丫，腰都累断了，才能弄一小块空地种庄稼。如果要种庄稼的话，没有树木的大草原是最适合不过的。不过联邦政府似乎不那么看。所以说，别担心，卡罗莱，你马上就会看到这一带到处都种满了树的。就像你说的，或许它们真的能挡风，还能改善气候呢！"

那天晚上大家都太累了，没有心思拉琴唱歌。吃过晚饭不久，他们就睡觉了。第二天一早，天刚蒙蒙亮，爸爸就驾车去亨利湖了。

劳拉牵着艾伦去井边饮水的时候，发现晨光熹微中，外面的整个世界都那么的明艳美好。整个草原都长满了野洋葱，开满了白色的小花，在清风中飘摆起舞。小屋下面的小山坡下，开满了一簇簇野生番红花，有黄的，有蓝的，点缀在绿色的嫩草丛中，十分好看。酢浆草的叶子井然有序，是三叶草状的，开出淡紫色的小花来。劳拉边走边弯下腰来，摘了一些，放在嘴里慢慢地一点一点咬着，细细地品味着新鲜的、略有些酸味的草茎和花瓣。

劳拉把艾伦拴在一个长满草的小隆坡吃草。她站在小隆坡上，可以看见远处北方的小镇。大沼泽向西南方蜿蜒而去，越往西南方越宽阔，粗粝的高草覆盖了大片大片的土地。大沼泽之外的整个大草原广阔无垠，像一张缀满了繁花的绿毯。

劳拉是个大女孩儿啦！她张开双臂，迎风奔跑起来。她扑倒在开满花儿的草地上，像个小马驹儿一样滚来滚去。她躺在柔软的芳草地上，望着头顶浩无边际的蓝天，一朵朵白云在蓝天飘过。她高兴极了，泪水忍不住在眼中打转。

突然之间，她想："不知道裙子有没有沾上青草汁？"她赶紧站起来，紧张地打量了一下自己的裙子，发现印花棉布上果然沾了些绿色的草渍。她这才收起玩心，意识到这时候自己应该帮妈妈干活了。于是她飞快地跑回贴着黑色焦油纸的小屋。

"像老虎的斑纹！"她对妈妈说。

"你说什么，劳拉？"妈妈惊讶地望着她，问道。她正在把自己的书往陈设架的底层放。

"这间小屋。"劳拉说，"贴了焦油纸，又加上了黄色的板条，像老虎身上的斑纹。"

"老虎是黄色的身体，黑色的斑纹。"玛丽有不同意见。

"女儿们，现在把你们箱子里的东西都取出来放好。"妈妈说，"我们要把所有漂亮的东西都放在上面的架子上。"

书架上面的一层用来给玛丽、劳拉和凯莉放她们的小玻璃盒。每个玻璃盒的侧面都雕上了霜花，盖子上也有色彩鲜艳的花儿。三个漂亮的玻璃盒一摆上去，那层架子立刻精致明亮起来。

妈妈把钟立在第四层架子上。钟的棕色木质外壳上雕着花边图案，环住了圆形的玻璃钟面。玻璃钟面后边绘着金色的花朵，黄铜钟摆左右摇摆着，发出滴答滴答的声音。

钟上面的一层架子最小，是最上面的一层。劳拉把她的白瓷珠宝盒、金杯和茶托放在最上面一层架子上，凯莉把她的棕白相间的陶瓷狗也放在了旁边。

"实在太漂亮啦！"妈妈赞许地说，"等关上了门，因为有了这个陈设架，整个房间漂亮多啦！现在我来把牧羊女小瓷像摆上！"说着她迅速地向四周打量了一番，惊叫道："天呐！我的面团已经发酵好了吗？！"

发面把锅盖都顶起来了。妈妈忙在面板上撒了点面粉，揉搓着面团。然后她开始做午饭。她把盛着酥松饼的平底锅放进烤炉里。这时候爸爸驾着马车上了小山坡。他身后的马车车厢里，堆着高高的一堆柳树枝。那是他砍回来当一夏天的柴火的，因为亨利湖附近没有真正的树。

"嗨，小家伙！等会儿再开饭，卡罗莱！"他喊道："拴好了马儿，我有样东西给你们看！"

他快速取下马儿身上的马具，扔到马车前档上，又匆匆把马儿赶到拴马柱处拴好。拴好了马儿，爸爸匆匆赶了回来。接着他从马车车厢的前端提上来一条马鞍褥。

"快来瞧，卡罗莱！"他笑容满面地说，"我把它们盖起来了，这样就不会被风吹干啦！"

"什么呀，查尔斯？"妈妈和劳拉伸着脖子朝马车车厢里张望，而凯莉则爬到了车轮上。"树！"妈妈惊叫起来。

"是小树苗！"劳拉喊道，"玛丽！爸爸带来了一些小树苗！"

"是杨树！"爸爸说，"还记得我们来布鲁斯金，穿过大草原的时候看见的那棵'孤树'吗？这些杨树苗就是它落下的种子长成的。当你走近的时候，你就会发现那棵孤树非常大，是树木中的巨人。它的种子落满了亨利湖畔。我挖了足够多的树苗，够在咱们的小屋四周种一个防风林啦！卡罗莱，我马上把这些小树苗栽到土里去，你很快就可以看到它们成长啦！"

他从马车里拿出他的铲子，说道："第一棵树是你的，卡罗莱。挑棵树苗出来，告诉我你想种在哪儿！"

"等一下！"妈妈答道。她急忙跑到烤炉旁，关上气流口，让煮着的一锅土豆慢一点熟。然后她挑了一棵树苗。"我想把它栽到门口。"她说。

爸爸用铲子在地上划了个正方形，然后拔掉上面的野草。他挖了个坑，又松了松土，直到坑里的土变得又细又松软。然后他小心翼翼地提起小树苗，注意不把根上的土抖掉。

"把树苗上面扶直了，卡罗莱。"他说。妈妈扶住小树苗的上面，把它扶直了。爸爸用铲子往树苗根上铲土，直到把树坑填满。他站在树坑上使劲踩脚，把土踩得结结实实的，然后后退几步。"现在你可以看看树啦，卡罗莱。你现在拥有了一棵树。吃过午饭，我们要给每棵树都浇一桶水。不过我们得先把树苗栽到土里去。来吧，玛丽，轮到你啦！"

爸爸又挖了一个树坑，与第一个树坑在一条直线上。他从马车里拿出另一棵树苗，玛丽小心地把它扶直，爸爸把树栽了上去。这棵是玛丽的树。

"接下来是你的，劳拉。"爸爸说，"我们要在小屋周围都栽上树，形成一个防风林。妈妈和我的树栽在门口，你们女孩儿们的树就栽在我们树的两边。"

劳拉扶住她的树苗，让爸爸栽了上去。然后凯莉扶住了她的，爸爸也栽了上去。四棵小树苗笔直地站在草地的黑土坑里。

"现在给格蕾丝也栽一棵！"爸爸说，"格蕾丝哪儿去啦？"他对妈妈喊道："卡罗莱，把格蕾丝抱出来栽树！"

妈妈向屋外看了看。"她在外面跟你们待在一起的啊！"妈妈说。

"我猜她在屋后，我去找她！"凯莉说。她一边跑，一边喊："格蕾丝！"一分钟后，她从屋后回来了，眼睛瞪得大大的，充满了惊恐，面色苍白，脸上的雀斑变得格外清晰。"爸爸，没找到！"

"她肯定就在附近！"妈妈说。她大声喊道："格蕾丝！格蕾丝！"

爸爸也大喊："格蕾丝！"

"都别傻站着！去找她！凯莉，劳拉，快去！"妈妈说。她大声喊道："井！"然后顺着小路跑过去。

井盖还盖在井上，所以说格蕾丝不可能是掉到井里了。

"她不会丢的！"爸爸说。

"我把她放门口了，我以为她跟你们在一起！"妈妈说。

"她不会丢的！"爸爸坚持说道，"她就离开了我的视线一小会儿！""格蕾丝！格蕾丝！"他大声喊道。

劳拉气喘吁吁地向山上跑去。她到处都找不到格蕾丝。她沿着大沼泽边上一路望向银湖，然后又向开满花儿的大草原望去。她飞快地一遍又一遍地搜索着，但除了野花和野草，什么也没看到。"格蕾丝！格蕾丝！"她尖叫着，"格蕾丝！"

她往山下跑的时候，在斜坡上遇到了往山上跑的爸爸。妈妈也一路跑了上来，累得气喘吁吁的。"她肯定在我们看得见的地方，劳拉！"爸爸说，"一定是你没看见！她该不会是——"突然他发出可怕的尖叫声："大沼泽！"他转身向大沼泽跑去。

妈妈跟在他后面跑，一边回头喊道："凯莉，你跟玛丽待在一起！劳拉，去找她，去找！"

玛丽站在小屋门口大喊："格蕾丝！格蕾丝！"大沼泽隐隐约约传来爸爸妈妈的呼喊声："格蕾丝！你在哪儿？格蕾丝！"

如果格蕾丝在大沼泽走丢了，谁还能找到她呢？冰冷、枯死的野草高过了劳拉的头顶，一片又一片的，绵延不绝，看不到尽头。沼泽地的淤泥会让赤着的脚儿陷进去，还分布着一些水窟窿！劳拉站在那，风儿吹得沼泽地里粗粝的野草飒飒作响,几乎把妈妈凄厉的尖叫声淹没了。

劳拉感到浑身冰冷,忍不住地头晕恶心。

"你为什么不去找她?"凯莉尖叫道,"别站在那!去找她!你不去我去!"

"妈妈让你跟玛丽待在一起!"劳拉说,"你最好待在这!"

"她还让你去找格蕾丝呢!"凯莉尖叫道,"去找啊!去找!格蕾丝!格蕾丝!"

"闭嘴!让我想想!"劳拉也尖声叫道。她开始向艳阳高照的大草原跑去。

31. 开满紫罗兰花的仙女环

　　劳拉一直朝南跑。柔软的小草轻轻抽打着她赤着的双脚。几只蝴蝶在花丛中飘来飘去。这没有格蕾丝可以藏身的灌木丛或杂草丛。除了在阳光下随风摇摆起伏的花草，什么也没有。

　　格蕾丝还这么小，如果她自己玩儿的话，不可能跑到黑魆魆的大沼泽，不可能跑到淤泥里，也不可能跑到高高的草丛中。"哦，格蕾丝，为什么我没看好你？"她感到深深的自责。漂亮可爱的妹妹！弱小无助的妹妹！"格蕾丝！格蕾丝！"她尖叫着。她呼吸急促，胸腔有些疼痛起来。

　　她不停地跑啊跑。"格蕾丝肯定是往这条路去了。或许她在追逐一只蝴蝶。她没去大沼泽！也没有爬到小山上去！她不在那！哦，我的小妹妹！我到处都找不到你！在这片讨厌的大草原上，我东边也找了，南边也找了，就是找不到你！""格蕾丝！"她又叫了起来。

　　烈日当头的大草原看起来那么大，大得可怕。要是小宝宝在这草原上走丢了，找回来的希望就微乎其微了。大沼泽里传来了妈妈的尖叫声和爸爸的呼喊声。他们的叫喊声渐渐微弱，终于淹没在风中，消失在无边无际的大草原上。

劳拉跑得上气不接下气，肋骨开始隐隐作痛。她的胸膛几乎窒息了，头晕目眩，视线也变得模糊起来。她又跑到一个小小的斜坡上向下望去，还是什么也没有，草原上连个影子也没有！她不停地跑，突然面前的地面凹陷了下去，她差点跌到陡峭的山坡下。

格蕾丝就在那！她坐在一个大水塘里，阳光照在她金色的头发上，清风微微飘动着她柔软的发丝。她抬起头来，用紫罗兰般的蓝色大眼睛看着劳拉。她双手满满握着两把紫罗兰花。她把紫罗兰花举到劳拉面前，咿咿呀呀地说："香香！香香！"

劳拉滑到山坡下，顺手把格蕾丝抱在怀中。她小心地抱着格蕾丝，大口大口地喘气。格蕾丝在她的怀里向外挣着，俯下身来，伸出小手，还想再多摘些紫罗兰花。紫罗兰的叶子低低地伸展着，连成大片大片的面积，把又大又圆的洼坑地面都填满了，上面盛开着一朵朵紫罗兰花。她们仿佛置身于紫罗兰花的小湖泊。在紫罗兰花湖周围，长满草儿的坡岸几乎与大草原的地面垂直。在这个圆圆的坑洼里，风儿几乎吹不散紫罗兰的花香。这儿的太阳暖洋洋的，头顶是湛蓝的天空，四周的土壁上长满了绿油油的青草，很多蝴蝶在挤挤挨挨的紫罗兰花上飞来飞去。

劳拉站了起来，把格蕾丝提起来站好。她拿起格蕾丝给她的紫罗兰花，拍拍她的小手。"来吧，格蕾丝！"她说，"我们得回家啦！"

她把格蕾丝托上坡岸，又四下里看了一眼这个洼坑。

格蕾丝走得很慢，劳拉一会儿就赶上她了。然后她让格蕾丝自己走，因为她已经快三岁了，而且很沉。但是不一会儿她又抱起了格蕾丝。就这样抱一会儿牵一会儿，劳拉终于把格蕾丝带回了小屋，交给了玛丽。

　　然后她向大沼泽跑去，一边跑一边喊："爸爸！妈妈！她在这呢！"她不停地喊着，直到高草丛中的爸爸听到她的喊声。爸爸又对在远处高草丛中寻找格蕾丝的妈妈大喊，告诉她格蕾丝已经找到了。慢慢地，他们都从大沼泽的高草丛中摸索着出来了，又慢慢地、吃力地往小屋走去。他们满身泥泞，筋疲力尽，却也心怀感激。

　　"你在哪儿找到她的，劳拉？"妈妈问，一边把格蕾丝搂在怀里，一屁股坐到椅子里。

　　"在……"劳拉犹犹豫豫地说，"爸爸，那是不是仙女环啊？那圆圆的，底部很平坦，四壁一样高。除非你站在岸坡上，否则根本不会知道有那么个地方。它非常大，整个底部都被密密的紫罗兰覆盖了。那样的地方不可能是天然的，爸爸，肯定是什么东西弄出来的。"

　　"你现在大啦，不该再相信什么仙女的故事了，劳拉。"妈妈温柔地说，"查尔斯，你可不能鼓励孩子这样异想天开！"

　　"可它不是——不像是一个真实的地方，真的！"劳拉抗议道，"而且那儿的紫罗兰闻起来可真香，不像是普通的紫罗兰花。"

　　"它们确实让整个屋子都香气四溢。"妈妈承认道，"但是它们真的只是紫罗兰花而已，根本就没有什么仙女！"

　　"你说得对，劳拉，人类之手造不出那样的地方来。"爸爸说，"但是你的仙女其实是体型庞大、面目丑陋的野兽！它们头上长角，背上隆起，丑极啦！你说的那个仙女环是野牛打滚的泥坑。你知道野牛就是野生的牛，它们喜欢在地上刨一个大坑，然后在泥里打滚，就像我们家养的牛一样。"

"长年累月，野牛群就刨了好些泥坑出来。它们在地上刨了坑，风把沙子都吹走了。另一群野牛过来后，在同一个地方刨出更多的泥土来。它们喜欢在同一个地方刨坑，而且……"

"为什么呀，爸爸？"劳拉问。

"我也不知道。"爸爸说，"可能是因为那儿的地面比较软吧！现在野牛走了，坑里就长满了青草，还开满了紫罗兰花。"

"嗯，"妈妈说，"格蕾丝回来就好啦！早就过了午饭时间了，玛丽，我希望你跟凯莉没把饼干烧煳了。"

"没有，妈妈。"玛丽说。凯莉把用干净的布包起来的饼干拿给她看。因为用布包着，饼干还热乎乎的呢！土豆也沥过水，在锅里捣成了土豆泥，已经有些干了。劳拉说："妈妈，你坐着休息一下，我来煎咸猪肉，做肉汁。"

除了格蕾丝，谁也不觉得饿。他们慢慢地吃过了午饭，爸爸去把防风林栽好了。妈妈帮格蕾丝扶着她的小树苗，爸爸把树苗牢牢地栽到了土里。所有的树都栽好了，凯莉和劳拉从井里提了几桶水，给每棵树都浇了一桶水。水还没浇完，又该帮忙准备晚饭了。

"噢，"爸爸在饭桌上说，"我们终于在自己的家宅地上安顿下来啦！"

"是啊，"妈妈说，"就是还有件事没做。天呐，我都不知道这一天是怎么过的！我还没来得及给墙上的托架钉钉子呢！"

"我来弄吧，卡罗莱，我一喝完茶就去钉。"爸爸说。

他从工具箱里取出锤子，在餐桌和陈设架之间的墙上钉上了钉子。

"现在可以把你的托架和牧羊女小瓷像拿来啦!"他说。

妈妈把托架和牧羊女小瓷像拿给了他。他把托架挂在钉子上,又把牧羊女小瓷像放在架子上。小瓷像的小瓷鞋、紧身上衣和金色的头发还像在大木林的时候一样光洁明亮。她的小瓷裙蓬松而雪白,双颊绯红,蓝蓝的眼睛还像从前一样迷人。那个托架是很久以前爸爸送给妈妈的圣诞礼物,依然没有一丝刮痕,甚至比以前刚做好时更光滑了。

爸爸把他的来复枪和短枪挂在门上方,又在挂枪的钉子上挂上了一块马蹄铁。

"哇!"他说,一边打量着舒适拥挤的屋子,"矮马易刷洗,小屋好收拾。这是我们住得最挤的一次啦,卡罗莱!不过只是开头挤一下,以后会好的!"妈妈看着爸爸的眼睛,笑了。爸爸对劳拉说:"我想给你们唱一首关于马蹄铁的歌!"

劳拉把琴盒拿给他。他坐在门口,调好了琴音。妈妈坐在椅子上,轻轻地摇晃着,哄着格蕾丝入睡。劳拉轻手轻脚地洗过盘子,凯莉把盘子擦干。爸爸一边拉着小提琴一边唱道:

> 生命的途中,我们心满意足,
>
> 并试着与所有人和平相处,
>
> 我们远离一切麻烦和纷争,
>
> 朋友来拜访,我们好快乐,
>
> 我们的家明亮和欢乐,
>
> 我们心满意足,不再奢求更多,
>
> 要问为什么我们日子过得红火?我来告诉你,

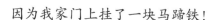

因为我家门上挂了一块马蹄铁!

在门上挂块马蹄铁吧!
它会给你带来诸多好运,
如果你想快乐没烦恼,
就在门上挂块马蹄铁!

"我听着跟没开化似的,查尔斯!"妈妈说。

"嗯,不管怎么说,"爸爸答道,"我们的日子会越过越好,卡罗莱!我不久就会建更多的房间,或许还会有两匹拉车的马儿和马车。我不打算犁太多的草地。我们会有一个小菜园和一小块地,但是大部分是用来种牧草、养牛。这以前有那么多野牛,肯定适合养牛。"

盘子洗好了。劳拉把一盆洗盘水从后门端了出去,又往外走了几步,把水泼在了草地上。第二天太阳出来的时候,就会把草地晒干。灰白的夜空升起了第一批小星星,闪闪地发出微弱的光。小镇上闪烁着几点昏黄的灯光,但是整个大地上却笼罩着朦胧的阴影。几乎没有风,但是空气慢慢地在草丛里移动着,呢喃低语。劳拉几乎知道它在呢喃些什么。大地、水流、天空和流动的空气是那么的孤独,那么的荒凉,却又那么的亘古不变。

"野牛都绝迹了,"劳拉想,"现在我们是这片土地的主人了。"

32. 讨厌的蚊子

"我们必须为马儿们建一个马厩。"爸爸说，"天气也不总是这么暖和，它们不可能老待在门外啊！就是夏天也可能有暴风雪呢！它们得有个遮风挡雨的地方！"

"艾伦也住马厩吗，爸爸？"劳拉问道。

"夏天的时候牛儿最好放在门外。"爸爸告诉她，"但是我想马儿夜里最好放到马厩里。"

劳拉帮爸爸扶着木板。爸爸正在小屋西边建一个正对着小山的马厩。她在一旁给爸爸递工具盒和钉子。等马厩修建好了，冬天刮冷风的时候，西边和北边就有个可以遮挡的地方了。

那些日子，天气一直很暖和。每天日落时分，大沼泽地里都会飞出很多蚊子，整夜整夜地围着艾伦嗡嗡嗡地高声乱叫。蚊子们叮在艾伦身上，使劲吸它的血，直吸得它绕着拴牛桩团团打转。蚊子们又冲进马厩，去叮那两匹马儿。马儿被叮得乱窜乱挣，把缰绳绷得紧紧的，还一边使劲跺脚。蚊子们还冲进小屋，去叮咬每一个人，简直烦死啦！他们只好用大件的衣服把脸和手都蒙起来。

因为一群蚊子嗡嗡乱叫，到处乱叮乱咬，每个夜晚都是一种折磨。

"不能再这么下去了！"爸爸说，"我们必须在门和窗户上蒙上细眼蚊帐布！"

"都怪那个大沼泽！"妈妈抱怨道，"蚊子都是从那儿来的！我真希望我们能离大沼泽远点儿！"

但是爸爸喜欢大沼泽。"那里有大面积的干草，每个人都可以去割。"他告诉妈妈，"谁也不会在大沼泽附近申请家宅地的。我们这个地方只有高坡上才有干草。幸亏我们离大沼泽这么近，我们可以随时去那割干草，还可以获取我们需要的一切。"

"再说了，整个大草原的草丛里也到处都是蚊子。我今天就去镇上买些细眼蚊帐布来。"

爸爸从镇上带来了几尺粉红色的细眼蚊帐布和一些做纱网门的木条。

他做纱网门的时候，妈妈用大头针把细眼蚊帐布钉在窗户上。当爸爸把纱网门装上去的时候，她又把细眼蚊帐布钉到了纱网门框上。

那天晚上，爸爸点燃了一堆潮湿的枯草，浓烟笼罩在马厩门口，蚊子再也无法穿过浓烟冲进马厩。

爸爸又在艾伦旁边点燃了另一堆枯草，这样它就可以站在浓烟里不被蚊子叮咬了。浓烟一起，艾伦马上跑了进去，站在烟雾里。

爸爸为了确保浓烟附近没有干草，又堆了些湿草上去，保证浓烟整夜都不会散去。

"有了！"他说，"我猜这样就可以处理掉这些蚊子啦！"

33.傍晚的阴影降临了

山姆和大卫静静地站在马厩里休息。马厩门口笼罩着浓烟，保护它们不被蚊子骚扰。艾伦被拴在地上，惬意地躺在湿草堆冒出的浓烟里。没有蚊子可以靠近它们。

屋里一只嗡嗡乱叫的虫子也没有。门窗都装上了细眼蚊帐布，它们再也飞不进来啦！

"现在我们舒服啦！"爸爸说，"终于在我们的新家园安定下来啦！把我的小提琴拿来，劳拉，我们来点音乐！"

格蕾丝平安无事地躺在她的滑轮床里，凯莉在一旁守着。

妈妈和玛丽坐在椅子上，在暗影里轻轻摇晃着。琴弓在琴弦上流畅地拉着，月光从南面的窗户里洒了进来，照在爸爸的脸上、手上和小提琴上。

劳拉坐在玛丽旁边，想象着月光洒进开满了紫罗兰花的仙女环的情景。这样的夜晚，正是仙女们在月光下翩翩起舞的好时候啊！

爸爸和着琴声唱道：

在我出生的红镇，

住在一位美丽的少女，

每个年轻人见了她都惊叫："哇——啊——哇——"

她的名字叫芭芭拉·艾伦。

整个清风沉醉的五月，

草木开始吐出绿芽，

年轻的约翰·格鲁夫没精打采地躺在床上，

因为他深深地爱上了芭芭拉·艾伦。

劳拉拉上了帘子，跟玛丽一起挤进了小卧室，跟凯莉和格蕾丝待在一起。

然后，她心里想着广阔大地上的紫罗兰、仙女环和月光，不知不觉间沉沉地睡着了。这片土地上有他们自己的新家园。爸爸还在和着琴声温柔地唱道：

家园！家园！

我美丽、美丽的家园！

它虽然简陋，

却没有一个地方比得上它！